Dashiell Hammett

Die Frau im Dunkel

DIE kleine REIHE

BÜCHERGILDE GUTENBERG

DASHIELL HAMMETT

DIE FRAU IM DUNKEL

ROMAN EINER GEFÄHRLICHEN LIEBE

Mit fünf Zeichnungen von
Georg Eisler

Lizenzausgabe für die Büchergilde Gutenberg,
Frankfurt am Main, Wien,
mit freundlicher Genehmigung des
Wilhelm Heyne Verlag GmbH & Co. KG, München
Die Originalausgabe erschien im Verlag
Alfred A. Knopf, Inc., New York, 1988
Titel der Originalausgabe »Woman in the Dark«

Reihengestaltung Heinrich Thomas, Heidesheim
Herstellung Margot Mayer, Dietzenbach-Steinberg
Satz Utesch Satztechnik GmbH, Hamburg
Druck und Bindung
R. Oldenbourg Graphische Betriebe GmbH, Kirchheim
Lithographie
RGD Offset-Druckvorlagenherstellung GmbH, Langen
Printed in Germany 1990   ISBN 3 7632 3672 4

Einführung von Robert B. Parker

Woman in the Dark wurde zuerst in der Zeitschrift *Liberty* in drei Teilen veröffentlicht, und zwar am 8., 15. und 22. April 1933. Es erschien also, nachdem Dashiell Hammett alle seine Romane, bis auf einen, geschrieben hatte. Das Buch ist ganz typisch Hammett: die ausgefallenen Namen (Brazil), die seichten Dialoge, die gelegentlich abgebrühten Polizisten, die Schurken der Oberschicht, die anständigen einfachen Leute (obwohl es 1933 nichts Ungewöhnliches war, daß Hammett die Reichen verdächtigte). Und doch zeigt es uns auch Hammetts Sicht von einer Welt im Umbruch.

In *Der Malteser Falke* erzählt Sam Spade der Brigid O'Shaughnessy, während sie auf Joel Cairo warten, eine Geschichte aus seiner Vergangenheit als Detektiv. Ich habe die Stelle leicht gekürzt:

Ein Grundstücksmakler namens Flitcraft hatte eines Tages sein Büro in Tacoma verlassen, um zum Lunch zu gehen, und war nie zurückgekehrt ...

»Er verschwand einfach«, sagte Spade, »wie eine Faust, wenn man die Hand aufmacht.« ... »Also, das war 1922. Und 1927 arbeitete ich gerade für eine der großen Detektiv-Agenturen in Seattle. Da kam Mrs. Flitcraft in unser Büro und erzählte uns, jemand hätte in Spokane einen Mann gesehen, der ganz wie ihr Ehemann ausgesehen habe. Ich fuhr hin. Es war tatsächlich Flitcraft ...

Folgendes war mit ihm geschehen: Als er an jenem Tag zum Lunch ging, kam er an einem Geschäftshaus vorbei, das sich gerade im Bau befand – nur die Wände standen. Ein Balken oder so was fiel vom achten oder zehnten Stock herunter und knallte neben ihm auf den Bürgersteig; er sauste ganz dicht an ihm vorbei, berührte ihn jedoch nicht, schlug dafür aber ein Stück Stein vom Bürgersteig ab, das hochflog und ihn an der Wange traf. Es riß ihm nur ein Stück Haut ab, aber die Narbe hatte er immer noch, als ich ihm begegnete. Er rieb mit dem Finger – na ja, sozusagen liebevoll – darüber, als er mir das erzählte. Er war natürlich furchtbar erschrocken, wie er sagte, aber es war mehr ein Schock als wirkliche Angst. Ihm war, als hätte jemand den Deckel vom Leben hochgehoben und ließe ihn einen Blick ins Getriebe werfen.

Flitcraft war ein guter Bürger und ein guter Ehemann und Vater gewesen, nicht aus äußerem Zwang, sondern weil er einfach ein Mann war, der sich im Einklang mit seiner Umwelt am wohlsten fühlte. In diesem Sinne war er erzogen worden. Die Leute aus seinem Bekanntenkreis waren genauso. Das Leben, das er kannte, war eine saubere, ordentliche, vernünftige, verantwortungsvolle Angelegenheit. Und jetzt hatte ein herabstürzender Balken ihm gezeigt, daß das Leben im Grunde nichts von alledem war. Er, der gute Bürger, Ehemann und Vater, konnte zwischen Büro und Restaurant von einem zufällig herabstürzenden Balken ausgelöscht werden! Da ging ihm auf, daß Menschen durch Zufälle wie diesen starben und nur lebten, solange der blinde Zufall sie verschonte.

Es war nicht in erster Linie die Ungerechtigkeit daran, die ihn so aufregte: die nahm er nach dem ersten Schock hin. Was ihn dagegen aufregte, war die Entdeckung, daß er in der vernunftgemäßen Ordnung seiner Angelegenheiten die Harmonie mit dem Leben nicht erreicht, sondern verlassen hatte! Er sagte, ehe er sich sechs Schritte von dem herabgestürzten Balken entfernt hatte, wußte er, daß er nie wieder Frieden finden würde, solange er sich nicht auf diesen neuen Aspekt des Lebens eingestellt hätte. Während er sein Essen verzehrte, legte er sich zurecht, wie er diese Einstellung vornehmen würde. Der blinde Zufall konnte sein Leben durch einen herabstürzenden Balken beenden; genauso zufällig und aufs Geratewohl wollte er sein Leben ändern, indem er einfach wegging. Wie er sagte, liebte er seine Familie genauso sehr wie jeder normale Mensch, aber er wußte, daß er sie ordentlich versorgt zurückließ, und seine Liebe zu ihnen war nicht so, daß er sie schmerzlich vermissen würde.

Er fuhr also an jenem Nachmittag nach Seattle«, fuhr Spade fort, »und von dort mit dem Schiff nach San Francisco. Zwei Jahre lang wanderte er herum, zog dann in den Nordwesten zurück, ließ sich in Spokane nieder und heiratete erneut. Seine zweite Frau sah der ersten nicht ähnlich, aber in ihrer Art waren sie einander viel ähnlicher als voneinander verschieden. Jene Art Frauen, wissen Sie, die ganz gut Golf und Bridge spielen können und sich für neue Salatrezepte interessieren. Er bedauerte nicht, was er getan hatte; es schien ihm ganz vernünftig zu sein. Ich glaube, es kam ihm überhaupt nicht zum Bewußtsein, daß er wie selbstverständlich in dasselbe alte Geleis geraten war, das er in Tacoma so fluchtartig verlassen hatte. Doch das hat mir an der ganzen Sache immer besonders gut gefallen. Erst stellte er sich auf herabstürzende Balken ein, dann stürzten keine mehr herab, und prompt stellte er sich wieder darauf ein.«*

Das sieht aus wie Zeittotschlagen, müßiges Gerede, während man wartet. Aber das ist es natürlich nicht. Es ist Spades Triebfeder. Und es ist diese Vorstellung von einem unerbittlich zufälligen Universum, von der fast das gesamte Werk Hammetts inspiriert ist.

Die Männer in diesem Buch sind wie Brazil. Manchmal sind es Detektive, manchmal nicht, aber es sind Männer, die das Leben sehen, wie Spade es sah; und die auf alles gefaßt sind, was kommen mag. Es sind Männer mit nur wenigen Freunden und ohne dauerhaften gesellschaftlichen Kontext. Sie haben keine Familie. Sie sind nicht dem Gesetz verpflichtet, aber etwas anderem, nennen wir's Ordnung, einem Gefühl für die Art und Weise, wie die Dinge sein sollten. Diese Männer scheinen in vieler Hinsicht Leute aus dem Volk zu sein. Es ist tatsächlich gelegentlich schick, Hammetts Werk aus marxistischer Sicht zu sehen – obwohl man dann mehr zu kauen hat, als man abgebissen hat. Aber diese Männer sind anscheinend immun gegen die Dinge, denen die meisten Menschen erliegen. Sie scheinen den Tod nicht zu fürchten. Sie scheinen den Versuchungen des Geldes und des Sex widerstehen zu können. Über Schmerzen scheinen sie erhaben zu sein, und Grausamkeit kann sie nicht überraschen. Sie haben keine Illusionen. Besonders Brazil scheint sich in eine große Ruhe gehüllt zu haben, als könnte ihn nichts erschüttern.

* Dashiell Hammett: Der Malteser Falke, detebe 20131, Zürich 1974, S. 68 ff.; übersetzt von Peter Naujack. (A. d. Ü.)

Doch wie die meisten Männer bei Hammett ist er voller Leidenschaft, die knapp kontrolliert unter einer dünnen Schicht von Gleichgültigkeit brodelt. Oft drückt sich die Leidenschaft eher in Handlung als in Sprache aus. Die Handlung ist normalerweise gewalttätig. *Die Frau im Dunkel* hat mehr von einer Liebesgeschichte als sonst bei Hammett üblich.

Sie erschien zwei Jahre nachdem seine lebenslange Beziehung zu Lillian Hellman begonnen hatte, ein Jahr vor der Veröffentlichung seines letzten Romans *Der dünne Mann*. Und der zufallsbedingte Schluß mit seinem Sie-lebten-glücklich-bis-an-ihr-Ende für Brazil und Luise ist sentimentaler, als man es sonst von Hammett kennt.

»Hammetts Stil«, schrieb Raymond Chandler einmal, »war in seinen schlechtesten Momenten so formelhaft wie eine Seite aus *Marius the Epicurean**; in seinen besten Momenten konnte er fast alles damit sagen. Ich glaube, dieser Stil, der gar nicht Hammetts oder irgend eines anderen Besonderheit ist, sondern in der amerikanischen Sprache begründet liegt (und heute nicht einmal mehr ausschließlich dort), kann Dinge sagen, von denen der Autor gar nicht wußte, wie er sie sagen sollte, ja die zu sagen er nicht einmal als notwendig empfand. In seinen Händen hatte dieser Stil keine Obertöne, hinterließ kein Echo, beschwor kein Bild jenseits des fernen Berges.«** Vielleicht hat Hammett nicht gewußt, wie er über Liebe schreiben sollte; oder er hat bis dahin nicht das Be-

* Von Walter H. Pater (1839–1894); (A. d. Ü.)

** Raymond Chandler: Die simple Kunst des Mordes, detebe 70/5, Zürich 1975, S. 337; übersetzt von Hans Wollschläger. (A. d. Ü.)

dürfnis empfunden. Mir kommt das Happy-End ein bißchen gezwungen vor, als hätte Hammett, um Brazil und Luise zusammenzubringen, seinen scharfsichtigen Blick für einen Moment abgewendet. Im Grunde bin ich froh, daß er das tat. Auch ich bin sentimental.

Doch wenn das hier funktioniert hat, so hat es ihn in *Der dünne Mann* in einen Sumpf geführt, in dem er beinahe versackt wäre. Es war, als ob Hammett die Flitcraftsche Lebensanschauung Spades nicht mit seinem Impuls, endlich über Liebe zu schreiben, unter einen Hut bringen konnte.

Was immer in Hammetts Seele vorgegangen sein mag, es ist nun einmal so, daß er nach *Der dünne Mann*, 1934, keinen Roman mehr geschrieben hat, und als er 1961 starb, hinterließ er nur das Fragment eines Romans, *Tulip*. Damit hat er offenbar versucht, etwas anderes zu schreiben, etwas, das die widerstreitenden Impulse möglicherweise versöhnt hätte. Vielleicht hat ihn das erschöpft. Vielleicht konnte er den Konflikt nicht lösen.

Woman in the Dark hat einen Untertitel – »Roman einer gefährlichen Liebe«. Das ist eine Kombination, wie sie Hammett zuvor noch nicht versucht hatte; eine Kombination, die hier ganz gut funktioniert. So gut hat sie nie wieder funktioniert, aber für Hammett, den Schriftsteller, hat sonst nichts mehr funktioniert.

Teil I

Die Flucht

Ihr rechter Fuß knickte unter ihr weg, und sie stürzte. Der Wind, der von Süden den Berg hinabblies und die Bäume am Straßenrand peitschte, machte aus ihrem Aufschrei ein Flüstern und riß ihr das Halstuch weg in die Dunkelheit. Sie setzte sich langsam auf, stützte die Handflächen auf den Kies und drehte den Körper zur Seite, um das unter ihr angewinkelte Bein freizubekommen.

Ihr rechter Schuh lag nicht weit von ihren Füßen auf der Straße. Als sie ihn anzog, stellte sie fest, daß der Absatz fehlte. Sie spähte umher, begann dann, den Absatz zu suchen, suchte auf Händen und Knien bergauf gegen den Wind und zuckte ein wenig zurück, als ihr rechtes Knie die Straße berührte. Sie gab es sofort auf und versuchte, den Absatz des linken Schuhs abzubrechen, konnte es aber nicht. Sie zog den Schuh wieder an und erhob sich mit dem Rücken zum Wind, wobei sie sich gegen die Wucht des Windes und das steile Gefälle der Straße zurücklehnte. Das Kleid preßte sich an ihren Rükken, flatterte vor ihr her. Haare schlugen ihr gegen die Wangen. Mit dem rechten Fuß hoch auf dem Ballen gehend, um den fehlenden Absatz auszugleichen, humpelte sie bergab.

Unten am Berg war eine Brücke aus Holz, und hundert Schritte dahinter zeigte ein Schild, das in der Dunkelheit nicht zu lesen war, die Gabelung der Straße an. Dort blieb sie stehen, blickte aber nicht auf das Schild, sondern sah sich um; sie zitterte jetzt, obwohl der Wind hier weniger Kraft hatte als auf dem Berg. Zu ihrer Linken bewegten sich die Blätter und ließen ein gelbes Licht aufscheinen und wieder verschwinden. Sie nahm die linke Abzweigung.

Bald kam sie an eine Lücke im Gebüsch neben der Straße, und ein Lichtschein zeigte ihr einen Weg, der von der Straße durch die Lücke führte. Das Licht schien durch die dünnen Gardinen am Fenster eines Hauses am anderen Ende des Weges.

Sie ging den Weg hinauf bis zur Tür und klopfte. Als keine Antwort kam, klopfte sie noch einmal.

Eine rauhe, gleichmütige männliche Stimme sagte: »Herein.«

Sie legte die Hand auf die Klinke; zögerte. Kein Laut kam aus dem Inneren des Hauses. Draußen lärmte überall der Wind. Sie klopfte noch einmal, leise.

Die Stimme sagte, genau wie vorher: »Herein.«

Sie öffnete die Tür. Der Wind blies sie heftig nach innen, riß sie an der Klinke mit, so daß sie sich mit beiden Händen an der Tür festhalten mußte, um nicht zu fallen. Der Wind ging an ihr vorbei ins Zimmer, blähte die Gardinen und verteilte die Seiten einer Zeitung, die auf dem Tisch gelegen hatte, auf dem Fußboden. Sie drückte die Tür zu und sagte, noch gegen sie gelehnt: »Tut mir leid.« Sie gab sich Mühe mit ihren Worten, um sie, trotz ihres Akzentes, verständlich zu machen.

Der Mann, der am Herd seine Pfeife reinigte, sagte: »Schon gut.« Seine kupferfarbenen Augen waren so unpersönlich wie seine rauhe Stimme. »Ich bin gleich fer-

tig.« Er stand nicht von seinem Stuhl auf. Die Schneide des Messers in seiner Hand kratzte im Kopf seiner Bruyèrepfeife.

Sie verließ die Tür und ging humpelnd vorwärts, wobei sie ihn mit verdutztem Blick unter leicht zusammengezogenen Brauen musterte. Sie war eine große Frau mit stolzer Haltung, auch wenn sie humpelte und der Wind ihr das Haar zerzaust hatte und der Straßenkies ihr die Hände und bloßen Arme und den roten Krepp ihres Kleides aufgerissen und beschmutzt hatte.

Sie sagte, noch immer auf ihre Worte bedacht: »Ich muß zur Eisenbahn. Ich habe mir auf der Straße den Fuß verletzt. Eh?«

Da blickte er von seiner Arbeit auf. Sein gelbliches, tief geprägtes Gesicht unter krausem Haar, das etwa die Farbe der Augen hatte, war nicht eindeutig feindselig oder freundlich. Es sah der Frau ins Gesicht, auf das eingerissene Kleid. Ohne den Kopf zu wenden, rief er: »Hey, Evelyn.«

Ein Mädchen – schlanker, heranreifender Körper in lohfarbener sportlicher Kleidung, schmales, sonnenverbranntes Gesicht mit dunklen, aufgeweckten Augen – kam durch eine Türöffnung hinter ihm ins Zimmer.

Der Mann drehte sich nicht nach ihr um. Er deutete mit dem Kopf auf die Frau in Rot und sagte: »Das . . .«

Die Frau unterbrach ihn: »Mein Name ist Luise Fischer.«

Der Mann sagte: »Sie hat ein kaputtes Bein.«

Evelyns dunkle, neugierige Augen blickten von der Frau auf den Mann – sie konnte sein Gesicht nicht sehen – und wieder auf die Frau. Sie lächelte und sagte eifrig:

»Ich will gerade gehen. Ich kann Sie auf dem Heimweg in Mile Valley absetzen.«

Die Frau zeigte einen Anflug von Lächeln. Unter ihrem fragenden Blick errötete Evelyn plötzlich, und ihr Gesicht bekam einen trotzigen Ausdruck. Das Mädchen war hübsch. Die Frau war schön geworden, als sie es ansah; ihre Augen waren länglich mit dichten Wimpern, unter glatter, breiter Stirn nicht zu dicht beieinanderstehend, der Mund war nicht klein, aber sinnlich geschwungen und lebendig, und im Licht des offenen Feuers waren die Flächen ihres Gesichtes so klar definiert wie gemeißelte Ebenen.

Der Mann blies durch seine Pfeife, und eine kleine Wolke schwarzen Pulvers stob auf. »Eile ist sinnlos«, sagte er. »Vor sechs Uhr geht kein Zug.« Er blickte auf die Uhr auf dem Kaminsims. Es war zehn Uhr dreiunddreißig. »Warum kümmerst du dich nicht um ihr Bein?«

Die Frau sagte: »Das ist nicht nötig. Ich . . .« Sie legte ihr Gewicht auf das verletzte Bein, zuckte zurück und stützte sich mit einer Hand auf einer Stuhllehne ab.

Das Mädchen eilte zu ihr und stammelte schuldbewußt: »Ich . . . ich hab nicht dran gedacht. Verzeihung.« Sie legte einen Arm um die Frau und half ihr auf den Stuhl. Der Mann stand auf, um seine Pfeife auf den Kaminsims neben die Uhr zu legen. Er war mittelgroß, wirkte durch seine Stämmigkeit aber kleiner. Sein Hals, der aus dem V eines grauen Pullovers hervorkam, war kurz und sehr muskulös. Er trug eine weite graue Hose und schwere braune Schuhe. Er klappte sein Messer zu und steckte es in die Tasche, bevor er sich umdrehte und Luise Fischer ansah.

Evelyn kniete vor der Frau, zog ihr den rechten Strumpf aus, gab mitfühlende Laute von sich und plapperte nervös: »Das Knie haben Sie sich auch aufgeschlagen. Ts-ts-ts! Und sehn Sie nur, wie der Knöchel anschwillt. Sie hätten nicht versuchen sollen, den ganzen Weg in diesen Schuhen zurückzulegen.« Ihr Körper verbarg das entblößte Bein der Frau vor dem Mann. »So, bleiben Sie ruhig sitzen, gleich hab ich Sie verarztet.« Sie zog das zerrissene rote Kleid über das bloße Bein.

Das Lächeln der Frau war höflich. Betont deutlich sagte sie: »Du bist sehr freundlich.«

Das Mädchen lief aus dem Zimmer.

Der Mann hatte ein Päckchen Zigaretten in der Hand. Er schüttelte es, bis drei Zigaretten ein Stück weit herausgerutscht waren, und hielt ihr das Päckchen hin. »Was zu rauchen?«

»Danke.« Sie nahm eine Zigarette, steckte sie zwischen die Lippen und blickte auf seine Hand, als er ihr mit einem Streichholz Feuer gab. Seine Hand war breitknochig, muskulös, aber nicht die eines Arbeiters. Sie blickte durch ihre Wimpern auf sein Gesicht, als er sich seine Zigarette anzündete. Er war jünger, als er auf den ersten Blick gewirkt hatte – kaum älter als zwei- oder dreiunddreißig –, und im Aufflammen des Streichholzes schienen seine Züge eher diszipliniert als stumpf.

»Tiefe Wunde?« fragte er ohne große Anteilnahme.

»Hoffentlich nicht.« Sie zog das Kleid hoch, um erst auf das Fußgelenk zu blicken, dann auf ihr Knie. Der Knöchel war sichtlich, wenn auch nicht stark geschwollen; das Knie hatte eine tiefe Schürfwunde und zwei weniger ernste. Sie berührte die Wundränder behutsam mit dem Zeigefinger. »Ich mag Schmerzen nicht«, sagte sie sehr ernst.

Evelyn kam herein, mit einer Schüssel dampfendem Wasser, Handtuch, einer Verbandsrolle und Salbe. Ihre dunklen Augen weiteten sich, als sie den Mann und die Frau so sah, doch als deren Gesichter sich ihr zuwandten, hatte sie die Lider wieder gesenkt. »So, das werden wir gleich haben.« Sie kniete sich erneut vor die Frau, mit dem Körper zwischen Luise Fischers Bein und dem Mann, und ließ nervös etwas Wasser überschwappen.

Er ging zur Tür und sah hinaus, die Tür einen Fuß breit gegen den Wind aufhaltend.

Die Frau fragte das Mädchen, das ihr den Fuß badete: »Es fährt wirklich kein Zug vor morgen früh?« Sie schob nachdenklich die Lippen vor.

»Nein.«

Der Mann schloß die Tür und sagte: »In einer Stunde wird's regnen.« Er legte Holz aufs Feuer und stand dann da, mit seitlich vom Mund hängender Zigarette, breitbeinig, die Hände in den Taschen, und sah Evelyn zu, wie sie das Bein der Frau behandelte. Sein Gesicht war ruhig.

Das Mädchen trocknete den Fuß ab und begann, eine Binde um den Knöchel zu wickeln, sie arbeitete mit zunehmender Geschwindigkeit und atmete rascher. Wieder schien die Frau das Mädchen anlächeln zu wollen, sagte statt dessen aber: »Du bist sehr freundlich.«

Das Mädchen murmelte: »Ach, das ist doch nichts.«

Es klopfte dreimal laut an der Tür.

Luise Fischer fuhr auf, ließ die Hand mit der Zigarette sinken und sah sich rasch mit erschrockenen Augen im Zimmer um. Das Mädchen hob den Kopf nicht von ihrer

Arbeit. Der Mann, dessen Gesicht oder Verhalten nicht verriet, daß er die Angst der Frau bemerkt hatte, wandte den Kopf zur Tür und rief mit seiner heiseren, sachlichen Stimme: »Ja. Herein.«

Die Tür ging auf, und eine gefleckte Dänische Dogge kam herein, gefolgt von zwei großen Männern in Abendanzügen. Der Hund ging direkt auf Luise Fischer zu und schob die Schnauze in ihre Hand. Sie sah die zwei Männer an, die gerade hereingekommen waren. In ihrem Blick lag keine Furcht, keine Wärme.

Einer der Männer zog die Mütze – sie war aus grauem Tweed, passend zu seinem Mantel – und ging lächelnd auf sie zu. »Hier also bist du gelandet?« Er hörte auf zu lächeln, als er ihr verbundenes Bein sah. »Was ist passiert?« Er war vielleicht vierzig Jahre alt, gepflegte Erscheinung, gutes Auftreten, mit glattem dunklen Haar, intelligenten dunklen Augen – die jetzt besorgt blickten – und einem dunklen Oberlippenbart. Er schob den Hund beiseite und ergriff die Hand der Frau.

»Es ist nicht schlimm, glaub ich.« Sie lächelte nicht. Ihre Stimme war kühl. »Ich bin auf der Straße gestolpert und hab mir den Fuß verknackst. Diese Leute hier sind sehr...«

Er wandte sich dem Mann im grauen Pullover zu, streckte ihm die Hand hin und sagte munter: »Vielen Dank, daß Sie sich um Fräulein Fischer gekümmert haben. Sie sind Brazil, nicht wahr?«

Der Mann im Pullover nickte. »Und Sie müssen Kane Robson sein.«

»Richtig.« Robson deutete mit dem Kopf auf den Mann, der noch immer an der Tür stand. »Mr. Conroy.«

Brazil nickte. Conroy sagte: »Wie geht's?« und näherte sich Luise Fischer. Er war drei bis fünf Zentimeter größer als Robson – der selbst mindestens 1,80 Meter groß war – und gut zehn Jahre jünger, blond, breitschultrig und schlank, mit schön geformtem schmalen Kopf und bemerkenswert ebenmäßigen Zügen. Ein dunkler Mantel hing über seinem Arm, und er trug einen schwarzen Hut in der Hand. Er lächelte zu der Frau hinunter und sagte: »Na, du machst ja seltsame Scherze.«

Sie sagte zu Robson: »Warum seid ihr hergekommen?«

Er lächelte liebenswürdig und hob die Schultern ein wenig. »Du hast gesagt, daß du dich nicht wohl fühltest und dich hinlegen wolltest. Als Helen hinaufging in dein Zimmer, um nach dir zu sehen, warst du nicht da. Wir fürchteten, du seist nach draußen gegangen und dir sei etwas zugestoßen.« Er blickte auf ihr Bein und zuckte wieder mit den Schultern: »Nun, wir hatten recht.«

Nichts in ihrem Gesicht reagierte auf sein Lächeln. »Ich will in die Stadt«, sagte sie zu ihm. »Jetzt weißt du's.«

»Na schön, wenn du willst« – er war gutmütig –, »aber so kannst du nicht gehn.« Er deutete mit dem Kopf auf ihr eingerissenes Abendkleid. »Wir bringen dich erst mal nach Hause, da kannst du dich umziehen und packen und ...« Er wandte sich Brazil zu. »Wann geht der nächste Zug?«

Brazil sagte: »Sechs.« Der Hund schnupperte an seinen Beinen.

»Siehst du«, sagte Robson einschmeichelnd zu der Frau, »es ist noch viel Zeit.«

Sie sah auf ihre Kleidung hinunter und schien sie zufriedenstellend zu finden. »Ich fahre so«, erwiderte sie.

»Aber schau doch, Luise«, begann Robson wieder, ganz vernünftig. »Du hast noch Stunden, bis der Zug geht – Zeit genug, um dich auszuruhn und ein Schläfchen zu machen und . . .«

Sie sagte einfach: »Ich bin bereits weg.«

Robson verzog ungeduldig das Gesicht, halb amüsiert, und drehte die Handflächen in einer Gebärde der Hilflosigkeit nach außen. »Aber was willst du denn tun?« fragte er in einem Ton, der zu der Gebärde paßte. »Erwartest du etwa, daß Brazil dich hier aufnimmt, bis es Zeit ist für den Zug, und dich dann zur Bahnstation fährt?«

Sie blickte Brazil in die Augen und fragte ruhig: »Wäre das zuviel?«

Brazil schüttelte gleichgültig den Kopf: »Ah-ah.«

Robson und Conroy drehten sich um und sahen Brazil an. In ihren Augen lag beträchtliches Interesse, aber keine Feindseligkeit. Er ertrug die Inspektion gelassen.

Luise Fischer sagte kühl, mit einem Ausdruck der Endgültigkeit: »So.«

Conroy blickte Robson fragend an, der müde seufzte und fragte: »Dein Entschluß steht also fest, Luise?«

»Ja.«

Robson zuckte wieder mit den Achseln und sagte: »Du hast ja schon immer gewußt, was du willst.« Gesicht und Stimme waren ernst. Er wollte sich abwenden, um zur Tür zu gehen, hielt aber inne und fragte: »Hast du genug Geld?« Eine Hand ging zur Innentasche seines Smokings.

»Ich will nichts«, sagte sie.

»Na schön, wenn du später was willst, laß es mich wissen. Komm, Dick.«

Er ging zur Tür, öffnete sie, wandte den Kopf, um ein munteres »Danke, gute Nacht« an Brazil zu richten, und ging hinaus.

Conroy berührte Luise Fischers Unterarm leicht mit drei Fingern, sagte »Gute Nacht« zu ihr, verbeugte sich zu Evelyn und Brazil und folgte Robson nach draußen.

Der Hund hob den Kopf und sah den zwei Männern nach. Das Mädchen Evelyn starrte mit verzweifeltem Blick auf die Tür und preßte die Hände zusammen. Luise Fischer sagte zu Brazil: »Sie täten gut daran, Ihre Tür abzuschließen.«

Er sah sie einen langen Augenblick an, er grübelte, und während sein Ausdruck sich nicht wirklich zu verändern schien, verhärteten sich alle seine Gesichtsmuskeln. »Nein«, sagte er endlich, »ich schließe sie nicht ab.«

Die Augenbrauen der Frau gingen ein wenig hoch, aber sie sagte nichts. Das Mädchen, das zum erstenmal seit Luise Fischers Ankunft Brazil ansprach, sagte: »Sie waren betrunken.« Sie sagte es sonderbar eindringlich.

»Sie haben was getrunken«, räumte er ein. Er sah sie nachdenklich an, offenbar bemerkte er erst jetzt ihre Unruhe. »Du siehst aus, als könnte dir ein Drink guttun.«

Das verwirrte sie. Ihre Augen wichen den seinen aus. »Willst . . . willst du einen?«

»Ich denke, ja.« Er sah fragend Luise Fischer an, die nickte und sagte: »Gern, ja.«

Das Mädchen ging aus dem Zimmer. Die Frau lehnte sich ein wenig vor und sah eindringlich zu Brazil auf. Ihre

Stimme war wohl ruhig, doch die bewußte Langsamkeit, mit der sie sprach, verlieh ihre Worten ein besonderes Gewicht: »Machen Sie ja nicht den Fehler, Mr. Robson für ungefährlich zu halten.«

Er schien diesen Satz fast schläfrig zu überdenken; dann sagte er, indem er sie mit leichter Neugier betrachtete: »Habe ich mir einen Feind gemacht?«

Sie nickte entschieden. Er akzeptierte das mit einem schwachen Grinsen, bot ihr wieder von seinen Zigaretten an und fragte: »Sie sich auch?«

Sie starrte durch ihn hindurch, als blickte sie prüfend auf etwas in weiter Ferne, und sagte langsam: »Ja, aber der Freund, den ich verloren habe, ist noch bösartiger.«

Evelyn trug ein Tablett mit Gläsern, Mineralwasser und eine Flasche Whiskey herein. Ihre dunklen Augen blickten forschend und etwas verstohlen erst den Mann an, dann die Frau. Sie ging zum Tisch und begann, Drinks zu mixen.

Brazil zündete sich eine Zigarette an und fragte: »Sie verlassen ihn für immer?«

Einen Moment lang, während die Frau ihn hochmütig ansah, hatte es den Anschein, als dächte sie nicht daran, seine Frage zu beantworten; doch plötzlich verzerrte ein Ausdruck äußersten Hasses ihr Gesicht, und sie spie ein giftiges »Ja!« aus.

Er stellte sein Glas auf dem Kaminsims ab und ging zur Tür. Es sah aus, als blickte er hinaus in die Nacht, doch er machte die Tür nur wenige Zentimeter weit auf und schloß sie sofort wieder, wobei er alles andere als nervös wirkte; eher schien er mit etwas anderem beschäftigt zu sein.

Er ging wieder zurück zum Kaminsims, nahm sein Glas und trank. Dann richtete er die Augen auf das abgestellte Glas und wollte gerade etwas sagen, als hinter einer Tür gegenüber dem Kamin ein Telefon klingelte. Er öffnete die Tür, und kaum war er außer Sicht, war seine heisere, gleichmütige Stimme zu hören. »Hallo? ... Ja ... Ja, Nora ... Einen Moment.« Er kam wieder ins Zimmer und sagte zu dem Mädchen: »Nora will dich sprechen.« Er machte die Schlafzimmertür hinter ihr zu.

Luise sagte: »Sie können noch nicht lange hier wohnen, wenn Sie Kane Robson erst heute abend kennengelernt haben.«

»Einen Monat ungefähr; allerdings ist er in Europa gewesen und erst letzte Woche zurückgekommen« – er machte ein Pause – »mit Ihnen.« Er nahm sein Glas wieder in die Hand. »Er ist tatsächlich sogar mein Vermieter.«

»Dann ...« Sie brach ab, als die Schlafzimmertür aufging. Evelyn stand in der Tür, die Hände an der Brust, und rief: »Vater kommt – jemand hat ihn angerufen und gesagt, daß ich hier bin.« Sie rannte durchs Zimmer und nahm Hut und Mantel von einem Stuhl.

Brazil sagte: »Warte. Du begegnest ihm unterwegs, wenn du jetzt fährst. Du mußt warten, bis er hier ist, dich dann hinten rausschleichen und vor ihm zu Hause sein, während er mir hier noch die Ohren vollbrüllt. Ich fahr deinen Wagen unten in den Waldweg rein.« Er leerte sein Glas und ging zur Schlafzimmertür.

»Aber du wirst« – ihre Lippen bebten –, »du wirst dich doch nicht mit ihm prügeln? Versprich mir das.«

»Nein, werd ich nicht.« Er ging ins Schlafzimmer, und

als er zurückkam, hatte er einen braunen Schlapphut auf und einen Arm in seinem Regenmantel. »Es dauert nur fünf Minuten.« Er verschwand durch die Vordertür.

Luise Fischer sagte: »Dein Vater hat was dagegen?«

Das Mädchen nickte unglücklich. Dann wandte sie sich plötzlich der Frau zu, streckte flehend die Hände aus, und ihre Lippen – fast farblos – bewegten sich zuckend, als ihre Worte hervorstürzten: »Sie bleiben hier. Lassen Sie nicht zu, daß sie sich prügeln. Sie dürfen nicht.«

Die Frau nahm die Hände des Mädchens zwischen ihre eigenen und sagte: »Ich werde tun, was ich kann, ich versprech's dir.«

»Er darf nicht wieder in Schwierigkeiten kommen«, jammerte das Mädchen. »Er darf nicht.«

Die Tür ging auf und Brazil kam herein.

»Das wäre getan«, sagte er fröhlich, zog den Regenmantel aus, ließ ihn auf einen Stuhl fallen und legte seinen feuchten Hut darauf. »Er steht da, wo der Zaun aufhört.« Er nahm das leere Glas der Frau und sein eigenes und ging zum Tisch. »Verdrück dich lieber in die Küche, für den Fall, daß er plötzlich reinplatzt.« Er begann, Whiskey in die Gläser zu gießen.

Das Mädchen befeuchtete sich die Lippen mit der Zunge, sagte undeutlich: »Ja, wird wohl besser sein«, lächelte scheu und bittend Luise Fischer an, zögerte und berührte ihn mit den Fingern am Ärmel. »Du . . . du wirst brav sein?«

»Bestimmt.« Er hielt nicht inne beim Mixen der Drinks.

»Ich ruf dich morgen an.« Sie lächelte Luise Fischer zu und ging widerstrebend zur Tür.

Brazil gab der Frau ihr Glas, zog einen Stuhl heran, um ihr direkt gegenüber zu sitzen, und ließ sich nieder.

»Ihre kleine Freundin«, sagte die Frau, »sie liebt Sie sehr.«

Er schien skeptisch zu sein. »Oh, sie ist noch ein Kind.«

»Aber ihr Vater«, meinte sie, »der ist wohl nicht sehr nett – eh?«

»Der ist verrückt«, erwiderte er gleichgültig und wurde dann nachdenklich. »Was meinen Sie, hat Robson ihn angerufen?«

»Weiß der's denn?«

Er lächelte ein wenig. »In so 'nem Nest wie hier weiß jeder alles über jeden.«

»Über mich«, begann sie, »wissen Sie dann ...«

Sie wurde unterbrochen durch ein Hämmern an der Tür, das die Tür in ihren Angeln erzittern ließ und das Zimmer mit Donnern erfüllte. Der Hund erhob sich steifbeinig.

Brazil schenkte der Frau ein kurzes, grimmiges Lächeln und rief: »Ja. Herein.« Seine heisere Stimme war gleichmütig.

Die Tür wurde heftig von einem mittelgroßen Mann in einem glänzenden schwarzen Gummimantel aufgestoßen, der ihm bis an die Fußknöchel reichte. Dunkle, zu eng stehende Augen brannten unter der Krempe seines nach vorn gezogenen Hutes. Eine fahle, knochige Nase ragte über einem zottigen, kurz gehaltenen grauen Vollbart hervor. Eine Faust umspannte einen dicken Spazierstock aus Apfelbaumholz.

»Wo ist meine Tochter?« wollte dieser Mann wissen. Seine Stimme war tief, mächtig, dröhnend.

Brazils Gesicht war eine phlegmatische Maske. »Hallo, Grant«, sagte er.

Der Mann in der Tür machte einen Schritt vorwärts. »Wo ist meine Tochter?«

Der Hund knurrte und zeigte die Zähne. Luise Fischer sagte: »Franz!« Der Hund blickte sie an und bewegte den Schwanz ein wenig hin und her.

Brazil sagte: »Evelyn ist nicht hier.«

Grant blickte ihn wütend an. »Wo ist sie?«

Brazil war ruhig. »Ich weiß nicht.«

»Das ist eine Lüge!« Grants Augen schossen zornfunkelnd im Zimmer umher. Die Fingerknöchel, die den Stock umspannten, waren weiß. »Evelyn!« rief er.

Luise Fischer, lächelnd, als fände sie die Wut des bärtigen Mannes unterhaltsam, sagte: »Es ist so, Mr. Grant. Es ist sonst niemand hier.«

Er blickte sie kurz an, die wütenden Augen voller Abscheu. »Bah! Der Dirne Wort bestätigt das des Sträflings!« Er schritt zur Tür des Schlafzimmers und verschwand darin.

Brazil grinste. »Sehn Sie? Der ist verrückt. Der redet immer so – wie einer in einem Schundroman.«

Sie lächelte ihn an und sagte: »Haben Sie Geduld.«

»Hab ich«, sagte er trocken.

Grant kam aus dem Schlafzimmer, stampfte zur Hintertür, öffnete sie und verschwand.

Brazil leerte sein Glas und stellte es auf den Fußboden neben seinen Stuhl. »Wenn er zurückkommt, wird's noch mehr Feuerwerk geben.«

Als der bärtige Mann wieder ins Zimmer trat, schritt er steifbeinig und schweigend zur Vordertür, riß sie auf, und mit einer Hand die Klinke haltend, mit der anderen die Eisenspitze seines Spazierstocks auf den Boden stoßend, brüllte er Brazil an: »Zum letzten Mal – lassen Sie die Finger von meiner Tochter! Nochmal sag ich das nicht!« Die Tür hinter sich zuknallend, ging er hinaus.

Brazil atmete zischend aus und schüttelte den Kopf. »Verrückt«, seufzte er. »Komplett verrückt.«

Luise Fischer sagte: »Er nannte mich eine Dirne. Reden die Leute hier...«

Er hörte ihr nicht zu. Er war vom Stuhl aufgestanden und nahm Hut und Mantel. »Ich schleich mich mal runter und seh nach, ob sie gut weggekommen ist. Wenn sie vor ihm zu Hause ist, geht alles glatt. Nora – das ist ihre Stiefmutter – wird sich um sie kümmern. Aber wenn nicht... ich bin gleich wieder da.« Er ging hinten aus dem Haus.

Luise Fischer schlenkerte den einen Schuh, den sie noch anhatte, vom Fuß, stand auf und legte versuchsweise ihr Gewicht auf das verletzte Bein. Drei behutsame Schritte zeigten, daß das Bein steif war, aber brauchbar. Dann sah sie, daß ihre Hände und Arme noch immer schmutzig waren von der Straße, und als sie sich in der Wohnung umsah, fand sie schnell das Badezimmer, das vom Schlafzimmer abging. Während sie sich wusch und, wieder im Schlafzimmer, die Haare kämmte und das Kleid abbürstete, summte sie eine Melodie vor sich hin, brach aber ungeduldig ab, da sie weder Puder noch Lippenstift fand. Sie betrachtete sich prüfend in einem hohen Spiegel, als sie die Vordertür aufgehen hörte.

Ihr Gesicht hellte sich auf. »Ich bin hier«, rief sie und ging in das Kaminzimmer.

Robson und Conroy standen in der Tür.

»Tja, da bist du, meine Liebe«, sagte Robson und lächelte, als er sie überrascht zusammenzucken sah. Er war blasser als vorher, und seine Augen waren glasiger, doch sonst schien er unverändert. Conroy dagegen war etwas zerzaust; sein Gesicht war gerötet, und er war offensichtlich ziemlich betrunken.

Die Frau hatte sich wieder gefaßt. »Was wollt ihr?« fragte sie kühl.

Robson sah sich um. »Wo ist Brazil?«

»Was wollt ihr?« wiederholte sie.

Er blickte an ihr vorbei zu der offenen Schlafzimmertür, grinste und ging darauf zu. Als er sich von dem leeren Zimmer abwandte, lächelte sie ihn höhnisch an. Conroy war zum Kamin gegangen, wo die Dänische Dogge lag, und beobachtete die beiden mit dem Rücken zum Feuer.

Robson sagte: »Also es ist so, Luise: Du kommst jetzt mit mir nach Hause.«

Sie sagte: »Nein.«

Grinsend wiegte er den Kopf auf und ab.

»Ich hab noch nicht aus dir rausgeholt, was ich in dich investiert habe.« Er machte einen Schritt auf sie zu.

Sie wich zurück zum Tisch und schnappte die Whiskeyflasche am Hals. »Faß mich nicht an!« Ihre Stimme, wie ihr Gesicht, war kalt vor Zorn.

Der Hund erhob sich knurrend.

Robsons dunkle Augen ruckten seitwärts auf den Hund, dann auf Conroy – und ein Augenlid zuckte –, dann wieder auf die Frau.

Conroy – weder rasch noch verstohlen, so daß es der

Frau und dem Hund nicht auffiel – schob die rechte Hand in seine Manteltasche, holte eine schwarze Pistole heraus, setzte die Laufmündung dicht hinter ein Ohr des Hundes und schoß dem Hund durch den Kopf. Der Hund wollte einen Satz machen, kippte auf die Seite; seine Beine regten sich schwach. Conroy steckte die Pistole mit blödem Grinsen wieder in die Tasche.

Luise Fischer, die bei dem Knall herumgefahren war, hob mit einem Aufschrei die Flasche, um sie gegen Conroy zu schleudern. Aber Robson erwischte sie mit einer Hand am Handgelenk und entwand ihr die Flasche mit der anderen. Er grinste und sagte in spöttischem Ton: »Nein, nein, meine Süße.«

Er stellte die Flasche wieder auf den Tisch, ließ ihr Handgelenk aber nicht los.

Die Beine des Hundes hörten auf, sich zu bewegen.

Robson sagte: »Gut. Bist du jetzt bereit mitzukommen?«

Sie machte keinen Versuch, ihr Handgelenk zu befreien. Sie richtete sich gerade auf und sagte sehr ernst: »Mein Freund, du kennst mich schlecht, wenn du denkst, daß ich mit dir komme.«

Robson kicherte und sagte: »Und du kennst mich schlecht, wenn du denkst, daß du nicht mit mir kommst.«

Die Vordertür ging auf, und Brazil kam herein. Sein gelbliches Gesicht war phlegmatisch, obwohl eine Spur Ärger in seinen Augen lag. Er machte sorgfältig die Tür hinter sich zu und wandte sich an seine Gäste. Seine Stimme klang, wie wenn sich jemand ohne Zorn beklagt. »Was zum Teufel soll das hier?« fragte er. »Ist heute Besuchstag? Hab ich hier eine Kneipe?«

Robson sagte: »Wir gehn jetzt. Fräulein Fischer kommt mit uns.«

Brazil blickte auf den toten Hund, und der Ärger in seinen kupferfarbenen Augen vertiefte sich. »Von mir aus, wenn sie das will«, sagte er gleichgültig.

Die Frau sagte: »Ich gehe nicht.«

Brazil blickte noch immer auf den Hund. »Ist mir auch recht«, brummte er, und mit mehr Interesse: »Aber wer hat das da getan?« Er ging zu dem Hund und bewegte dessen Kopf mit dem Fuß. »Der ganze Fußboden voll Blut«, nörgelte er.

Dann, ohne den Kopf zu heben, ohne die geringste Verlagerung des Gleichgewichts oder Straffung des Körpers, trieb er seine rechte Faust aufwärts in Conroys ebenmäßiges, betrunkenes Gesicht.

Conroy fiel steif von der Faust weg, mit angewinkelten Knien, und drehte sich ein wenig beim Fallen. Sein Kopf und eine Schulter schlugen an den steinernen Kamin, und indem er sich einmal vollständig drehte, rollte er vom Kamin weg und blieb mit dem Gesicht nach oben liegen.

Brazil wirbelte herum zu Robson.

Robson hatte das Handgelenk der Frau fallen gelassen und versuchte, eine Pistole aus der Manteltasche zu ziehen. Aber sie hatte sich auf seinen Arm geworfen, drückte ihn an ihren Körper, hängte sich mit ihrem ganzen Gewicht daran, und er kriegte den Arm nicht frei, obwohl er mit der anderen Hand an ihrem Haar riß.

Brazil trat hinter Robson und schlug ihm das Kinn mit dem Faustrücken hoch, so daß er den Unterarm vor die Kehle des größeren Mannes bringen konnte. Als er mit dem Unterarm zugedrückt und mit der anderen Hand Robsons Handgelenk gepackt hatte, sagte er: »Gut, ich hab ihn.«

Luise Fischer ließ den Arm des Mannes los und landete auf dem Hintern. Bis auf den Triumph in ihren Augen war ihr Gesicht ebenso geschäftsmäßig wie Brazils.

Brazil riß Robsons Arm hinter dessen Rücken scharf nach oben. Die Pistole kam mit dem Arm hoch, und als sie horizontal war, drückte Robson ab. Die Kugel ging zwischen seinem Rücken und Brazils Brust durch und riß einen Holzspan aus der Ecke eines Bücherschranks am anderen Ende des Zimmers.

Brazil sagte: »Versuch das nochmal, Baby, und ich brech dir die Arme. Fallenlassen!«

Robson zögerte kurz, doch dann schlug die Pistole polternd auf den Fußboden. Luise Fischer kroch auf Händen und Knien vorwärts und nahm sie an sich. Sie setzte sich auf eine Ecke des Tisches, die Pistole in der Hand.

Brazil stieß Robson von sich, ging durchs Zimmer, kniete sich neben den Mann auf den Fußboden, fühlte ihm den Puls, tastete ihn ab und stand mit Conroys Pistole auf, die er in eine Gesäßtasche schob.

Conroy bewegte ein Bein, seine Augen flatterten schläfrig, und er stöhnte.

Brazil deutete mit dem Daumen auf ihn und sagte barsch zu Robson: »Nehmen Sie ihn und raus hier.«

Robson ging zu Conroy hinüber, bückte sich, um dessen Kopf und Schultern ein wenig anzuheben, schüttelte ihn und sagte gereizt: »Los, Dick, wach auf. Wir gehn.«

Conroy lallte »All's okay« und versuchte, sich wieder hinzulegen.

»Los, komm hoch«, zischte Robson und klatschte ihm die Backen.

Conroy schüttelte den Kopf und murmelte: »Will nicht.«

Robson gab dem rosigen Gesicht noch ein paar Ohrfeigen: »Los, komm hoch, du Dreckskerl.« Conroy stöhnte und murmelte etwas Unverständliches.

Brazil sagte ungeduldig: »Bringen Sie ihn trotzdem raus. Der Regen bringt ihn wieder zu sich.«

Robson wollte etwas sagen, überlegte es sich anders, nahm seinen Hut vom Fußboden, setzte ihn auf und beugte sich erneut über den blonden Mann. Er hievte ihn in eine Art Sitzposition, legte sich einen schlaffen Arm über die Schulter, packte ihn mit einem Arm unter der Achselhöhle um den Rücken und erhob sich, langsam den Weichbeinigen an seiner Seite hochziehend.

Brazil hielt die Vordertür auf. Robson ging hinaus, halb Conroy tragend, halb ihn schleppend.

Brazil schloß die Tür, lehnte sich mit dem Rücken dagegen und schüttelte den Kopf in scheinbarer Resignation.

Luise Fischer legte Robsons Pistole auf den Tisch und stand auf. »Es tut mir leid«, sagte sie ernst. »Ich wollte sie wirklich nicht in diese . . .«

Er unterbrach sie gleichmütig: »Schon gut.« In seinem Grinsen lag etwas Bitterkeit, obwohl sein Ton gelassen blieb.

»Dauernd mach ich so weiter. Gott! Ich brauch einen Drink.«

Sie drehte sich rasch zum Tisch um und begann, Gläser zu füllen.

Er betrachtete sie nachdenklich von oben bis unten, nahm einen Schluck und fragte: »Sie sind einfach abgehauen so wie Sie sind?«

Sie blickte an ihrem Kleid hinunter und nickte.

Er schien amüsiert. »Und was haben Sie jetzt vor?«

»Wenn ich in die Stadt komme? Ich werde diese Dinger hier verkaufen« – sie bewegte die Hände, um auf ihre Ringe hinzuweisen –, »und dann . . . ich weiß nicht.«

»Sie meinen, Sie haben überhaupt kein Geld?« wollte er wissen.

»So ist es«, erwiderte sie kühl.

»Nicht mal genug für die Fahrkarte?«

Sie schüttelte den Kopf, zog die Augenbrauen leicht hoch, und ihre Ruhe war fast Unverschämtheit. »Die kostet bestimmt nicht so viel, daß Sie mir den Betrag nicht leihen könnten.«

»Na klar«, sagte er und lachte. »Sie sind mir vielleicht 'ne Granate.« Sie schien ihn nicht zu verstehen.

Er nahm noch einen Schluck und beugte sich dann vor. »Hören Sie, Sie werden aber reichlich komisch aussehn, wenn Sie so im Zug sitzen.« Mit zwei Fingern schnippend, deutete er auf ihr Kleid. »Was halten Sie davon, wenn ich Sie hinbringe? Ich hab ein paar Freunde, da können Sie unterkommen, bis Sie 'n paar Klamotten haben, mit denen Sie ausgehn können.«

Sie prüfte sein Gesicht sorgfältig, bevor sie antwortete: »Wenn es Ihnen nicht zuviel Mühe macht?«

»Dann geht das also klar«, sagte er. »Wollen Sie sich erst noch 'n bißchen hinlegen?«

Er leerte sein Glas und ging zur Vordertür, wo er so tat, als schaute er in die Nacht hinaus.

Als er von der Tür zurückkam, sah er, was für ein Gesicht sie machte, obwohl sie sich beeilte, ihre Stirnrunzeln verschwinden zu lassen. Lächelnd tat er so, als wollte er sich entschuldigen: »Ich kann's nicht ändern. Ich war 'ne Weile weg ... im Gefängnis, mein ich ... und das ist nun dabei rausgekommen. Dauernd muß ich mich vergewissern, daß ich nicht eingesperrt bin.« Sein Lächeln wurde noch gezwungener. »Es gibt ein Wort dafür ... Klaustrophobie ... aber dadurch wird's auch nicht besser.«

»Das tut mir leid«, sagte sie. »Ist es ... sehr lange her?«

»Ganz schön lange, seit ich reinkam«, sagte er trocken, »aber rausgekommen bin ich erst vor ein paar Wochen. Deswegen bin ich auch hier heraufgekommen – um zu versuchen, mich wieder auf die Reihe zu kriegen, zu sehn, wo ich stehe, was ich eigentlich will.«

»Und?« sagte sie leise.

»Was und? Ob ich herausgefunden habe, wo ich stehe, was ich will? Ich weiß nicht.« Er stand vor ihr, die Hände in den Taschen, und neigte sich zu ihr herab. »Wahrscheinlich hab ich bloß darauf gewartet, daß irgendwas auftaucht, etwas, das ich als Zeichen nehmen könnte, damit ich weiß, wo's langgeht. Na, und was aufgetaucht ist, das sind Sie. Gar nicht so übel. Ich werd mit Ihnen gehn.«

Er nahm die Hände aus den Taschen, beugte sich herab, hob sie auf die Füße und küßte sie wild.

Einen Moment lang hielt sie still. Dann wand sie sich aus seinen Armen und schlug mit gekrümmten Fingern nach seinem Gesicht. Sie war weiß vor Wut.

Er fing ihre Hand ab, drückte sie gleichmäßig nach unten und knurrte: »Lassen Sie das. Wenn Sie nicht spielen wollen, dann wollen Sie nicht spielen, das ist alles.«

»Genau, das ist alles«, sagte sie wütend.

»Durchaus fair.« Weder sein Gesicht noch seine Stimme zeigte eine Veränderung.

Darauf sagte sie: »Dieser Mann – der Vater Ihrer kleinen Freundin – hat mich eine Dirne genannt. Reden die Leute hier über mich?«

Er verzog verächtlich den Mund. »Sie wissen doch, wie das ist. Die Robsons sind hier die Großgrundbesitzer, seit Generationen, die feinen Leute, und alles, was sie tun, kommt an die große Glocke. Jeder weiß alles, was die machen, und so . . .«

»Und was redet man über mich?«

Er grinste: »Das Schlimmste natürlich. Was erwarten Sie denn? Mann kennt ihn hier.«

»Und was denken Sie?«

»Über Sie?«

Sie nickte. Sie sah ihm fest in die Augen.

»Ich kann nicht gut rumgehn und jemanden schlechtmachen«, sagte er, »ich frag mich nur, warum Sie sich überhaupt mit ihm eingelassen haben. Sie müssen doch gesehn haben, was das für 'ne Ratte ist.«

»Nein, hab ich nicht«, sagte sie einfach. »Und ich war in einem kleinen Dorf in der Schweiz gestrandet.«

»Schauspielerin?«

Sie schüttelte den Kopf. »Sängerin.«

Das Telefon klingelte.

Er ging ohne Eile ins Schlafzimmer. Sein gelassener

Tonfall war zu hören: »Hallo? . . . Ja, Evelyn . . . Ja.« Es folgte eine längere Pause. »Ja. Gut, und danke.«

Es kam ebenso ohne Eile zurück ins Zimmer, wie er es verlassen hatte, doch bei seinem Anblick erhob sich Luise Fischer halb vom Tisch. Sein Gesicht war käsebleich. Schweiß glänzte auf Stirn und Schläfen, und die Zigarette zwischen den Fingern war zerquetscht und gebrochen.

»Das war Evelyn. Ihr Vater ist Friedensrichter. Conroy hat einen Schädelbruch – liegt im Sterben. Robson hat gerade angerufen, um einen Haftbefehl gegen mich zu erwirken. Dieser verdammte Kamin. Ich kann nicht nochmal in einer Zelle leben!«

Teil II

Die Polizei rückt an

Luise ging mit vorgestreckten Händen zu ihm. »Aber man kann Ihnen nichts vorwerfen. Man kann Sie nicht...«

»Sie verstehn nicht«, fuhr er monoton fort. Er wandte sich von ihr ab und ging mechanisch zur Vordertür. »Genau wegen so 'ner Sache hab ich gesessen. Es war eine besoffene Kneipenkeilerei, mit Flaschen und allem, was dazu gehört, und einer ist dabei umgekommen. Ich konnte nicht sagen, daß sie unrecht hatten, als sie's mir anhängten.« Er machte die Tür auf, tat automatisch wieder so, als blickte er hinaus, schloß die Tür und ging zu ihr zurück.

»Damals war es Totschlag. Diesmal werden sie Mord daraus machen, wenn der Bursche stirbt. Begreifen Sie? Ich steh als Killer in den Akten.« Er faßte sich ans Kinn. »Da gibt's nix dran zu rütteln.«

»Nein, nein.« Sie stand dicht bei ihm und nahm eine von seinen Händen. »Es war ein unglücklicher Zufall, daß er mit dem Kopf gegen den Kamin schlug. Ich kann das bezeugen. Ich kann ihnen sagen, wie es überhaupt dazu gekommen ist. Sie können nicht...«

Er lächelte bitter amüsiert und zitierte Grant: »Der Dirne Wort bestätigt das des Sträflings.«

Sie zuckte zusammen.

»Doch, sie werden mich wegen Mord anklagen«, sagte er, weniger monoton jetzt. »Wenn er stirbt, hab ich keine

Chance. Wenn nicht, komm ich auch gegen Kaution nicht frei – dann wird es Körperverletzung mit versuchtem Mord. Was kann Ihre Aussage mir nützen? Robsons Geliebte verläßt ihn und kommt zu mir? Die Wahrheit macht es nur schlimmer. Sie haben mich« – seine Stimme hob sich – »und nochmal kann ich nicht in einer Zelle leben!« Sein Blick fuhr herum zur Tür. Dann, mit einem rauhen Laut in der Kehle, vielleicht einem Lachen, hob er den Kopf. »Lassen Sie uns abhauen. Ich dreh durch, wenn ich heut nacht hier drin bleibe.«

»Ja«, sagte sie eifrig und legte ihm eine Hand auf die Schulter, halb ängstlich, halb mitleidig ihm ins Gesicht schauend.

»Sie werden einen Mantel brauchen.« Er ging ins Schlafzimmer.

Sie fand ihre Schuhe, zog den rechten an und hielt ihm den linken hin, als er zurückkam. »Können Sie den Absatz abbrechen?«

Er hängte ihr den groben braunen Mantel, den er geholt hatte, um die Schultern, nahm ihren Schuh und brach den Absatz mit einer Drehung des Handgelenks ab. Als sie den Schuh angezogen hatte, stand er bereits in der Tür.

Sie warf noch einen kurzen Blick zurück ins Zimmer und folgte ihm nach draußen . . .

Sie öffnete die Augen und sah, daß es Tag geworden war. Es prasselte kein Regen mehr an die Windschutzscheibe des Coupés, und der Scheibenwischer stand still. Ohne sich zu bewegen, sah sie Brazil an. Tief und lässig saß er neben ihr, eine Hand am Steuer, die andere, eine Zigarette haltend, auf dem Knie. Sein bleiches Gesicht war ruhig und zeigte keine Müdigkeit. Seine Augen waren auf die Straße gerichtet.

»Hab ich lange geschlafen?« fragte sie.

Er lächelte sie an. »Eine Stunde diesmal. Fühlen Sie sich besser?« Er hob die Hand mit der Zigarette, um die Scheinwerfer auszuschalten.

Sie setzte sich ein wenig auf und gähnte. »Sind wir bald da?«

»In einer Stunde etwa.« Er holte Zigaretten aus der Tasche und bot ihre eine an.

Sie nahm eine und beugte sich vor, um den elektrischen Anzünder am Armaturenbrett zu bedienen. »Was werden Sie tun?« fragte sie, als die Zigarette brannte.

»Mich verstecken, bis ich weiß, was Sache ist.«

Sie sah zur Seite auf sein ruhiges Gesicht und sagte: »Sie fühlen sich auch besser.«

Er nickte etwas beschämt: »Ja, ich hatte den Kopf verloren, vorhin.«

Sie tätschelte ihm kurz den Handrücken, und eine Weile fuhren sie schweigend. Dann fragte sie: »Wir fahren zu diesen Freunden, von denen Sie sprachen?«

»Ja.«

Ein dunkles Coupé mit zwei Polizisten in Uniform kam ihnen entgegen und fuhr vorbei. Die Frau sah Brazil prüfend an. Sein Gesicht war ausdruckslos.

Anerkennend berührte sie wieder seine Hand.

»Draußen bin ich okay«, erklärte er. »Es sind Wände, die mich rammdösig machen.«

Sie drehte den Kopf, um nach hinten zu schauen. Der Polizeiwagen war nicht mehr zu sehen.

Brazil sagte: »Die hatten nichts zu bedeuten.« Er drehte die Scheibe an seiner Seite herunter und ließ seine Zigarette hinausfallen. Frische, feuchte Luft wehte herein. »Wollen wir eine Kaffeepause machen?«

»Sollten wir?«

Ein Auto überholte sie, drückte sie dabei an den Straßenrand und schoß schnell davon. Es war eine schwarze Limousine, die mit einer Geschwindigkeit von hundert oder mehr Stundenkilometern fuhr. Fünf Männer saßen darin, von denen einer sich nach Brazils Wagen umdrehte.

Brazil sagte: »Es wäre vielleicht sicherer, möglichst bald unterzutauchen, aber wenn sie Hunger haben ...«

»Nein, ich finde auch, wir sollten uns beeilen.«

Die schwarze Limousine verschwand um eine Straßenbiegung.

»Wenn die Polizei Sie fände, würden Sie« – sie zögerte –, »würden Sie kämpfen?«

»Ich weiß nicht«, sagte er düster. »Das ist ja der Haken bei mir. Ich weiß nie vorher, was ich tun werde.« Seine Miene hellte sich wieder auf. »Es wird schon gutgehn.«

Sie fuhren durch eine Siedlung von einem Dutzend Häusern, die an einer Kreuzung lag, holperten über Eisenbahnschienen und bogen auf eine lange gerade Strecke ein, die parallel neben den Schienen verlief. Halbwegs auf dieser geraden Strecke stand die Limousine, die sie überholt hatte, am Straßenrand. Ein Polizist stand daneben – zwischen der Limousine und seinem Motorrad – und schrieb stur auf ein Blatt eines kleinen Buches, während der Mann am Steuer der Limousine aufgeregt redete und gestikulierte.

Luise Fischer atmete geräuschvoll aus und sagte: »Na, die Polizei war das nicht.« Brazil grinste.

Keiner von beiden sprach, bis sie durch einen Vorort fuhren. Da sagte sie: »Sie – Ihre Freunde – werden die nichts dagegen haben, wenn wir so zu ihnen kommen?«

»Nein«, erwiderte er sorglos, »die haben solche Sachen selber schon durchgemacht.«

Die Häuser an der Vorortstraße wurden billiger und gewöhnlicher, und jetzt fuhren sie durch eine schäbige Stadtstraße, wo schmutzige Gebäude zwischen ebenso schmutzigen Fabriken und Lagerhäusern standen und hinter Fensterscheiben »Zimmer frei«-Schilder zu sehen waren. Die Straße, in die Brazil kurz danach einbog, war kaum weniger ärmlich, und die »Zu vermieten«-Schilder waren fast ebenso zahlreich.

Er hielt vor einem vierstöckigen Backsteinhaus mit einer Treppe aus gebrochenen Sandsteinstufen. »Hier ist es«, sagte er und machte die Tür auf.

Sie saß da und schaute auf die unschöne Fassade des Hauses, bis er herumkam und die Tür auf ihrer Seite öffnete. Ihr Gesicht war unergründlich. Drei schmutzige Kinder hörten auf, mit dem Skelett eines Regenschirms zu spielen und starrten sie an, als sie mit ihm die gebrochenen Stufen hinaufging.

Die Haustür ging auf, als er den Kugelgriff drehte, und sie traten in einen muffigen Hausflur, in dem eine trübe Birne die Flecken einer einst lebhaft gemusterten Tapete, einen zerschlissenen Teppich und eine Treppe mit einem defekten Messinggeländer beleuchtete.

»Im ersten Stock«, sagte er und folgte ihr die Treppe hinauf.

Die mittlere Tür am zweiten Treppenabsatz glänzte von einem neuen Anstrich in einem Braunton, der keiner bekannten Holzsorte glich. Brazil ging zu dieser Tür und drückte viermal auf die Klingel – lang, kurz, lang, kurz. Die Klingel schnarrte laut gleich hinter der Tür.

Nach einem Moment der Stille kamen undeutlich raschelnde Laute durch die Tür, gefolgt von einer vorsichtigen, männlichen Stimme: »Wer's da?«

Brazil näherte den Kopf der Tür und sagte leise: »Brazil.«

Zwei Riegel ratterten, und die Tür wurde von einem kleinen, drahtigen blonden Mann von etwa vierzig Jahren in einem verkrumpelten grünen Leinenschlafanzug geöffnet. Er war barfuß. Sein hohlwangiges und scharf geschnittenes Gesicht zeigte ein herzliches Lächeln, und auch sein Ton war herzlich: »Komm rein, Kleiner«, sagte er. »Komm rein.« Mit kleinen, hellen Augen musterte er Luise Fischer bewundernd von Kopf bis Fuß, während er beiseite trat, um ihnen Platz zu machen.

Brazil legte eine Hand auf den Arm der Frau und drängte sie vorwärts. »Miss Fischer«, sagte er, »das ist Mr. Link.«

Link sagte »Angenehm« und schloß die Tür hinter ihnen.

Luise Fischer verbeugte sich leicht.

Link schlug Brazil auf die Schulter. »Schön, dich zu sehn, Kleiner. Wir haben uns schon Gedanken gemacht, was los ist mit dir. Kommt, hereinspaziert.«

Er führte sie in ein Wohnzimmer, das gelüftet werden mußte. Kleidungsstücke lagen herum, Seiten von Zeitungen hier und da, ein paar nicht ganz leere Gläser und

Kaffeetassen und jede Menge Zigarettenstummel. Link nahm eine Weste von einem Stuhl, warf sie über die Lehne eines anderen und sagte: »Legen Sie ab und setzen Sie sich, Miss Fischer.«

Eine sehr blonde, füllige Frau Ende zwanzig sagte von der Tür her: »Mein Gott, wen haben wir denn da!« und lief mit offenen Armen zu Brazil, drückte ihn überschwenglich an sich und küßte ihn auf den Mund. Sie trug einen hellroten Morgenrock über einem hellroten Seidennachthemd und grüne, mit gelben Federn geschmückte Pantoffeln.

Brazil sagte »Hallo, Fan« und schloß sie in die Arme. Dann drehte er sich zu Luise Fischer um, die ihren Mantel ausgezogen hatte: »Fan, das ist Miss Fischer, Mrs. Link.«

Fan ging mit ausgestreckter Hand auf Luise Fischer zu. »Sehr erfreut«, sagte sie mit warmem Händedruck. »Ihr seht müde aus, ihr beiden. Setzt euch, ich mach Frühstück, und Donny bringt euch vielleicht einen Drink, wenn er erst mal seine Blöße bedeckt hat.«

Luise Fischer sagte: »Sie sind sehr freundlich« und setzte sich.

Link sagte »Na klar doch« und ging hinaus.

Fan fragte: »Die ganze Nacht aufgewesen?«

»Ja«, sagte Brazil. »Wir sind durchgefahren.« Er setzte sich auf das Sofa.

Sie sah in scharf an. »Irgendwas los, was ich auch erfahren sollte?«

Er nickte. »Deswegen sind wir gekommen.«

Link, jetzt im Bademantel und in Hausschuhen, kam mit einer Flasche Whiskey und ein paar Gläsern herein.

Brazil sagte: »Die Sache ist die – ich hab gestern abend

einen Typen niedergeschlagen, und er ist nicht wieder aufgestanden.«

»Schlimm verletzt?«

Brazil verzog den Mund. »Vielleicht stirbt er.«

Link pfiff durch die Zähne und sagte: »Wen du schlägst, Junge, der bleibt geschlagen.«

»Er hat einen Schädelbruch – ist mit dem Kopf gegen den Kamin geknallt«, erklärte Brazil und sah Link finster an.

Fan sagte: »Also es ist sinnlos, sich jetzt Sorgen deswegen zu machen. Ihr müßt erst mal was in den Magen kriegen und euch ausruhen. Los, Donny, jetzt laß das Reden sein und gieß uns mal was ein.« Sie strahlte Luise Fischer an. »Sie bleiben einfach still sitzen, und im Nu hab ich ein Frühstück fertig.« Sie eilte aus dem Zimmer.

Link goß Whiskey ein und fragte: »Hat's irgendwer gesehn?«

Brazil nickte: »Ah-hah – die falschen Leute.« Er seufzte müde. »Ich will mich 'ne Weile verstecken, Donny, bis ich weiß, ob der Typ durchkommt.«

»Die Bruchbude hier gehört dir«, sagte Link. Er brachte Luise Fischer und Brazil die Gläser mit Whiskey. Immer, wenn die Frau ihn nicht ansah, sah er sie an.

Brazil leerte sein Glas mit einem Schluck.

Luise Fischer nippte und hustete.

»Was zum Verdünnen?« fragte Link.

»Nein, danke«, sagte sie. »Das ist sehr gut. Ich hab mich nur ein bißchen im Regen erkältet.« Sie hielt das Glas in der Hand, trank aber nicht noch einmal.

Brazil sagte: »Mein Wagen steht vor dem Haus. Der müßte irgendwo vergraben werden.«

»Das mach ich schon, Kleiner«, versprach Link.
»Und dann brauch ich jemanden, der mal nachsieht, was da oben in Mile Valley passiert.«
Link nickte bedächtig. »Harry Klaus ist der Verbindungsmann für dich. Ich werd ihn anrufen.«
»Und wir brauchen beide was zum Anziehn.«
Luise Fischer sagte: »Erst muß ich die Ringe hier verkaufen.«
Links helle Augen glänzten. Er befeuchtete sich die Lippen und sagte: »Ich kenne da einen ...«
»Das hat Zeit bis morgen«, sagte Brazil. »Die sind nicht heiß, Donny. Dafür brauchen wir keinen Hehler.«
Donny schien enttäuscht.
Die Frau sagte: »Aber ich kann mir nichts zum Anziehn kaufen, bevor nicht ...«
Brazil sagte: »Dafür reicht's noch.«
Mit Blick auf die Frau sagte Donny zu Brazil: »Und du weißt, Kleiner, für dich kann ich immer was lockermachen.«
»Danke. Wir werden sehn.« Brazil hielt sein leeres Glas hin und sagte, als es gefüllt war: »Versteck den Wagen, Donny.«
»Geht klar.« Der Mann ging zum Telefon in einer Nische und wählte eine Nummer.
Brazil leerte sein Glas. »Müde?« fragte er.
Sie stand auf, ging zu ihm, nahm ihm das Whiskeyglas aus der Hand und stellte es mit ihrem eigenen, das noch fast voll war, auf den Tisch. Er kicherte und fragte: »Genug Ärger gehabt mit Betrunkenen gestern abend?«
»Ja«, erwiderte sie, ohne zu lächeln, und ging zurück zu ihrem Stuhl.

Donny telefonierte: »Hallo, Duke? . . . Hör zu; hier ist Donny. Vor meinem Schuppen steht 'ne Karre.« Er beschrieb Brazils Coupé. »Kannst du die für mich unterstellen? . . . Ja . . . Vielleicht auch die Nummernschilder auswechseln . . . Ja, gleich, machst du das? . . . Gut.« Er legte auf, kam zu den anderen zurück und sagte: »Geritzt!«

»Donny!« rief Fan von woanders in der Wohnung.

»Komme!« Er ging hinaus.

Brazil lehnte sich zu Luise Fischer hinüber und sagte leise: »Geben Sie ihm nicht die Ringe.«

Sie sah ihn überrascht an. »Aber warum nicht?«

»Der linkt Sie, daß Sie mit den Ohren schlackern.«

»Sie meinen, er würde mich betrügen?«

Er nickte grinsend.

»Aber Sie sagen, er ist Ihr Freund. Sie vertrauen ihm doch jetzt.«

»Ja, bei so 'ner Sache ist er in Ordnung«, versicherte er ihr. »Er würde nie einen verpfeifen. Aber bei Knete ist das was anderes. Und auch, wenn er Sie nicht übers Ohr haut, wird jeder, dem er sie verkauft, denken, sie wären gestohlen, und nur halb so viel zahlen wie sie wert sind.«

»Dann ist er ein . . .« Sie zögerte.

»Ganove. Wir haben mal in derselben Zelle gesessen.«

Sie runzelte die Brauen und sagte: »Das gefällt mir nicht.«

Fan kam an die Tür und sagte lächelnd: »Frühstück ist fertig.«

Im Flur wandte Brazil sich zur Seite, als wollte er zur Wohnungstür, beherrschte sich aber, als sich sein Blick mit Luise Fischers traf, und folgte ihr und der Frau mit einem etwas dämlichen Grinsen ins Eßzimmer.

Fan wollte sich nicht zu ihnen setzen. »Ich kann so früh noch nichts essen«, sagte sie zu Luise Fischer. »Ich laß inzwischen ein Bad einlaufen und mach das Bett. Ihr seid bestimmt hundemüde und wollt euch hinhauen.«

Sie ging hinaus, ohne auf Luise Fischers höfliche Einwände zu achten.

Donny spießte mit der Gabel eine kleine Wurst auf und sagte: »Nochmal wegen der Ringe. Ich kann...«

»Das hat Zeit«, sagte Brazil. »Die Kohle reicht noch ein Weilchen.«

»Kann ja sein. Aber's kann doch nix schaden, 'n kleinen Vorrat zu haben, für den Fall, daß man plötzlich verduften muß.« Donny schob sich die Wurst in den Mund. »Und soo viel könnt ihr auch nicht haben.«

Er kaute gewaltig. »Nimm doch bloß den Fall von Shuffling Ben Devlin. Erinnerst du dich noch an Ben? Er war in der Tischlerei. Weißt du noch? Der große Typ? Der mit dem Bein?«

»Ich weiß noch«, erwiderte Brazil ohne große Begeisterung.

Donny spießte das nächste Würstchen auf. »Also, Ben war mal in einem Nest namens Finehaven und...«

»Er war in einem Nest namens Knast, als wir ihn kennenlernten«, sagte Brazil.

»Ja, davon red ich ja gerade. Es war alles so gekommen, weil Ben gedacht hatte...«

Fan kam herein. »Wenn Sie fertig sind – Bad und Bett sind auch fertig«, sagte sie zu Luise Fischer.

Luise Fischer stellte ihre Kaffeetasse hin und stand auf. »Es ist herrlich, das Frühstück«, sagte sie, »aber ich bin zu müde, um viel zu essen.«

Als sie aus dem Zimmer ging, fing Donny noch einmal an: »Es kam alles nur so, weil Ben ...«

Fan brachte sie in ein Zimmer im hinteren Teil der Wohnung, in dem ein breites Holzbett stand. Weiches, weißes Bettzeug war aufgeschlagen, und ein weißes Nachthemd und ein roter Morgenmantel lagen auf dem Bett. Auf dem Fußboden standen Pantoffeln. Die blonde Frau blieb an der Tür stehen und gestikulierte mit ihrer rosigen Hand. »Wenn Sie noch irgendwas brauchen, rufen Sie einfach. Das Badezimmer ist gleich über den Flur, und ich hab das Wasser aufgedreht.«

»Danke«, sagte Luise Fischer. »Sie sind sehr freundlich. Ich mach Ihnen so viel Umstände ...«

Fan tätschelte ihr die Schulter. »Keine Freundin von Brazil kann mir Umstände machen, Schatz. Baden Sie man schön und schlafen Sie gut, und wenn Sie was haben wollen, einfach schreien.« Sie ging hinaus und schloß die Tür.

Luise Fischer blieb an der Tür stehen und sah sich langsam und gründlich in dem billig eingerichteten Zimmer um. Dann stellte sie sich neben das Bett und begann sich auszuziehen. Als sie damit fertig war, schlüpfte sie in den roten Morgenmantel und in die Pantoffeln und ging, das Nachthemd überm Arm, ins Badezimmer. Das Badezimmer war warm vom Dampf. Sie drehte den Kaltwasserhahn auf und wickelte sich den Verband von Knie und Fußgelenk.

Als sie gebadet hatte, fand sie frisches Verbandszeug in einem Schränkchen über dem Waschbecken und verband sich das Knie, aber nicht das Fußgelenk. Dann zog sie das Nachthemd an, den Morgenmantel und die Pantoffeln und ging zurück ins Schlafzimmer. Brazil war da, stand mit dem Rücken zu ihr und sah aus dem Fenster.

Er dreht sich nicht um. Rauch von seiner Zigarette trieb an seinem Kopf vorbei ins Zimmer.

Sie machte langsam die Tür zu und lehnte sich dagegen, mit einem leicht verächtlichen Lächeln auf ihren beweglichen Lippen.

Er rührte sich nicht von der Stelle.

Sie ging langsam zum Bett und setzte sich auf die Seite, die am weitesten von ihm entfernt war. Sie blickte nicht auf ihn, sondern auf ein Bild an der Wand, das ein Pferd zeigte. Ihr Gesicht war stolz und kalt. Sie sagte: »Ich bin, was ich bin, aber ich zahle meine Schulden.« Diesmal war die betonte Ruhe ihrer Stimme Unverschämtheit. »Ich hab Sie reingeritten in diesen Schlamassel. Also, wenn Sie irgendeine Verwendung für mich haben ...« Sie zuckte mit den Schultern.

Er wandte sich ohne Eile vom Fenster ab. Seine kupferfarbenen Augen und sein Gesicht waren ausdruckslos. Er sagte: »Okay.« Er drückte die Glut seiner Zigarette in einem Aschenbecher auf dem Toilettentisch aus und ging um das Bett herum zu ihr.

Sie erhob sich und erwartete ihn hoch aufgerichtet.

Er stand einen Moment dicht vor ihr und betrachtete sie mit Augen, die ihre Schönheit so unpersönlich taxierten, als wäre sie leblos. Dann bog er ihr den Kopf grob zurück und küßte sie.

Sie gab keinen Ton von sich und zeigte keine eigene Regung, unterwarf sich völlig seiner Umarmung, und als er sie losließ und zurücktrat, war ihr Gesicht ebenso ungerührt, ebenso maskenhaft wie seines.

Er schüttelte langsam den Kopf. »Nein, Sie machen Ihre Arbeit schlecht.« Und plötzlich kam ein Feuer in seine Augen, und er nahm sie in die Arme, und sie umschlang ihn, und ein leises Lachen kam aus ihrer Kehle, während er ihren Mund und ihre Wangen und die Augen und die Stirn küßte.

Donny machte die Tür auf und kam herein. Mit schiefem, wissendem Blick sah er sie an, als sie auseinandertraten, und sagte: »Ich habe gerade Klaus angerufen. Wenn er gefrühstückt hat, kommt er vorbei.«

»Okay«, sagte Brazil.

Donny, der noch immer schief guckte, zog sich zurück und schloß die Tür.

»Wer ist dieser Klaus?« fragte Luise Fischer.

»Anwalt«, erwiderte Brazil geistesabwesend. Düster und nachdenklich starrte er auf den Fußboden. »Wahrscheinlich ist er unser bestes Pferd, obwohl ich Sachen über ihn gehört habe, die ...« Er brach ungeduldig ab. »Wenn man in der Scheiße steckt, muß man's riskieren.« Seine Miene verfinsterte sich noch mehr. »Und was man bestenfalls erwarten kann, das ist das Schlimmste.«

Sie nahm seine Hand und sagte ernst: »Laß uns fortgehn von hier. Ich mag diese Leute nicht. Ich trau ihnen nicht.«

Sein Gesicht hellte sich auf, und er legte wieder einen Arm um sie. Doch unvermittelt richtete er seine Aufmerksamkeit auf die Tür, als dahinter eine Klingel ertönte.

Es war still. Dann war Donnys vorsichtige Stimme zu hören, die fragte: »Wer ist da?«

Die Antwort war nicht zu hören.

Donnys Stimme, ein wenig lauter: »Wer?«

Danach war kurze Zeit nichts zu hören. Dann knarrte dicht vor der Schlafzimmertür eine Fußdiele. Die Tür wurde von Donny geöffnet. Sein hageres Gesicht war eine Karikatur der Wachsamkeit. »Bullen«, flüsterte er. »Geh durchs Fenster.« Er war geschwollen vor Wichtigkeit.

Brazils Gesicht fuhr herum zu Luise Fischer.

»Hau ab!« rief sie und drängte ihn zum Fenster. »Ich komm schon klar.«

»Na sicher«, sagte Donny. »Ich und Fan kümmern uns um sie. Verdufte, Kleiner, und gib Laut, wenn du kannst. Genug Kohle?«

»Jah-hah.« Brazil küßte Luise Fischer.

»Los, verschwinde!« stieß sie hervor.

Sein bleiches Gesicht war ausdruckslos. Er machte es kurz. »Bis dann«, sagte er und schob das Fenster hoch. Bevor das Fenster ganz hochgeschoben war, hatte er das Bein schon draußen. Das andere Bein folgte sofort, dann drehte er sich auf die Brust und ließ sich hinab, grinste Luise einen Augenblick fröhlich an, bevor er aus dem Blick verschwand.

Sie lief zum Fenster und sah hinunter. Er war gerade dabei, sich aus dem Unkraut des verwilderten Hinterhofs zu erheben. Er schaute schnell nach rechts und links. Mit einer Flinkheit, die lediglich Zielstrebigkeit zu sein schien, ging er zu der Mauer linker Hand, kletterte darüber und landete im Hinterhof nebenan.

Donny nahm sie beim Arm und zog sie vom Fenster weg. »Kommen Sie, Sie verraten sonst noch seinen Fluchtweg. Der findet sich schon zurecht, allerdings

Gnade dem Polypen, der ihm in die Quere kommt – falls welche in der Nähe sind.«

Etwas Schweres hämmerte gegen die Wohnungstür. Eine laute, gebieterische Stimme war zu hören: »Aufmachen!« Donny schielte in Richtung Wohnungstür. »Ich glaube, ich laß die besser rein, sonst machen sie noch Zahnstocher aus meiner Haustür.« Er schien die Situation zu genießen.

Sie starrte ihn mit ausdrucksvollen Augen an.

Er sah sie an, blickte auf den Fußboden, sah dann wieder sie an und sagte, wie um sich zu rechtfertigen: »Schaun Sie ... ich liebe den Kerl. Ich liebe ihn!«

Das Hämmern an der Wohnungstür wurde lauter.

»Nun muß ich wohl«, sagte Donny und ging hinaus.

Durch das offene Fenster war ein Schuß zu hören. Sie lief zum Fenster, stützte die Hände auf das Fensterbrett und lehnte sich weit hinaus.

Fünfzehn Meter nach links, auf einer Mauer, die die lange Reihe der Hinterhöfe von der Gasse dahinter trennte, kauerte Brazil. Als Luise Fischer hinaussah, krachte noch ein Schuß, und Brazil fiel in die Gasse hinter der Mauer, war außer Sicht. Aufschluchzend hielt sie den Atem an.

Das Hämmern an der Wohnungstür hörte plötzlich auf. Sie zog den Kopf aus dem Fenster zurück. Sie nahm die Hände vom Fensterbrett. Ihr Gesicht war das eines Automaten. Sie zog das Fenster herunter, anscheinend ohne sich dessen bewußt zu sein; sie stand mitten im Zimmer und betrachtete prüfend ihre Fingernägel, als ein riesiger Mann mit müdem Gesicht und zerknittertem Anzug in der Tür erschien.

Er fragte: »Wo ist er hin?«

Sie sah von ihren Fingernägeln auf und schaute ihn an, wie sie auf ihre Fingernägel geschaut hatte. »Wer?«

Er seufzte müde. »Brazil.« Er ging zu einer Schranktür, öffnete sie. »Sind Sie die Fischer?« Er machte die Schranktür zu und ging zum Fenster, schaute an ihr vorbei und sah sich offenbar ohne großes Interesse im Zimmer um.

»Ich bin Luise Fischer«, sagte sie zu seinem Rücken.

Er schob das Fenster hoch und lehnte sich hinaus. »Wie steht's?« rief er zu jemandem hinunter. Die Antwort war im Zimmer nicht zu hören.

Luise Fischer ließ die Aufmerksamkeit aus ihrem Gesicht verschwinden, als er sich ihr zuwandte. »Ich hab noch nicht gefrühstückt«, sagte er.

Aus einem anderen Teil der Wohnung kam Donnys Stimme: »Ich sag Ihnen doch, ich weiß nicht, wo er hin ist. Er hat bloß die Dame hier abgesetzt und hat sich aus dem Staub gemacht. Er hat mir nichts gesagt. Er . . .«

Eine metallische Stimme in häßlichem Tonfall sagte: »Worauf du Gift nehmen kannst.« Ein Schlag war zu hören. Donnys Stimme: »Und wenn ich's wüßte, würd ich's Ihnen nicht sagen, Sie großer Krümel! Und nun schlagen Sie mich nochmal.«

Die metallische Stimme: »Wenn du's so willst.« Wieder das Geräusch eines Schlages.

Fans Stimme, schrill vor Wut, schrie: »Aufhören, Sie . . .« und verstummte abrupt.

Der riesige Mann ging an die Schlafzimmertür und rief in den vorderen Teil der Wohnung: »Laß gut sein, Ray.« Zu Luise Fischer sagte er: »Ziehn Sie sich was an.«

»Warum?« fragte sie kühl.

»Man will Sie zurückhaben in Mile Valley.«

»Wozu?« Sie schien ihm nicht zu glauben.

»Was weiß ich?« brummte er ungeduldig. »Geht mich auch nix an. Wir sollen Sie bloß zurückbringen. Irgendwas mit Ringen, die der Mutter von irgendwem gehört haben und die zur selben Zeit aus dem Haus verschwunden sind wie Sie.«

Sie hob die Hände und blickte auf die Ringe. »Aber die sind nicht von seiner Mutter. Er hat sie mir in Paris gekauft und ...«

Der riesige Mann runzelte müde die Brauen. »Streiten Sie deswegen nicht mit mir. Das ist nicht meine Sache. Wo wollte dieser Brazil hin, als er hier verschwand?«

»Ich weiß nicht.« Sie machte einen Schritt vorwärts und streckte bittend die Hand aus. »Ist er ...«

»Nie weiß jemand was«, beklagte er sich und ignorierte die Frage, bei der er sie unterbrochen hatte.

»Ziehn Sie Ihre Sachen an.« Er hielt die Hand auf. »Und geben Sie die Klunkern her, bei mir sind sie besser aufgehoben.«

Sie zögerte, streifte dann die Ringe von den Fingern und ließ sie in seine Hand fallen.

Sie schlüpfte rasch wieder in die Sachen, die sie kurz zuvor ausgezogen hatte, zog aber den einen Strumpf nicht wieder an, den sie auf der Fahrt von Brazils Haus noch getragen hatte. Als sie fertig war, ging sie leise, mit einem Blick zurück auf die geschlossene Tür, zum Fenster und begann, es langsam und vorsichtig hochzuschieben.

Der riesige Mann mit dem müden Gesicht öffnete die Tür.

»Gut, daß ich durchs Schlüsselloch geguckt habe«, sagte er geduldig. »Kommen Sie jetzt.«

Fan kam hinter ihm ins Zimmer. Ihr Gesicht war sehr rosig. Ihre Stimme war schrill. »Was hacken Sie dauernd auf ihr rum?« wollte sie wissen. »Sie hat nix getan. Warum lassen Sie sie . . .«

»Aufhören, aufhören«, bettelte der riesige Mann. Seine Müdigkeit schien fast unerträglich geworden zu sein. »Ich bin bloß ein Beamter, der den Auftrag hat, sie wegen Diebstahls hier abzuholen. Sonst hab ich nichts damit zu tun und weiß auch nichts darüber.«

»Lassen Sie nur, Mrs. Link«, sagte Luise Fischer mit Würde. »Das klärt sich schon auf.«

»Aber Sie können doch so nicht weg«, protestierte Fan und wandte sich dem riesigen Mann zu. »Sie müssen erlauben, daß sie sich ein paar anständige Sachen anzieht.«

Er seufzte und nickte. »Alles, wenn Sie nur schnell machen und aufhören, mit mir zu streiten.«

Fan eilte hinaus.

Luise Fischer sprach den riesigen Mann an: »Und er soll auch was gestohlen haben?«

Er seufzte. »Was weiß ich, vielleicht dies, vielleicht das«, sagte er träge.

Sie sagte: »Er hat nichts getan.«

»Und ich auch nicht«, klagte er.

Fan kam mit ein paar Sachen herein, einem blauen Kostüm, Hut, dunklen hochhackigen Schuhen, Strümpfen und einer weißen Bluse.

»Lassen Sie die Tür nur auf«, sagte der riesige Mann.

Er ging aus dem Zimmer und lehnte sich an die Flurwand, von wo er die Schlafzimmerfenster im Auge behalten konnte.

Luise Fischer zog sich mit Fans Hilfe in einer Zimmerecke um, wo sie vor seinem Blick verborgen war.

»Haben sie ihn gekriegt?« flüsterte Fan.

»Ich weiß nicht.«

»Ich glaube nicht.«

»Hoffentlich nicht.«

Fan kniete vor Luise Fischer und zog ihr die Strümpfe an. »Machen Sie keine Aussage, bevor Sie mit Harry Klaus gesprochen haben«, flüsterte sie rasch. »Sagen Sie, er wär Ihr Anwalt, und erst müßten Sie mit ihm sprechen. Wir schicken ihn da hoch, und er wird Sie freikriegen.« Sie blickte unvermittelt auf. »Sie haben sie doch nicht geklaut, oder?«

»Die Ringe?« fragte Luise überrascht.

»Hätt ich mir auch nicht denken können«, sagte die blonde Frau. »Also brauchen Sie nichts . . .«

Die Stimme des riesigen Mannes drang zu ihnen: »Los . . . Schluß mit dem Getuschel, und rein in die Klamotten.«

Fan sagte: »Mann, halt die Luft an.«

Luise Fischer ging mit ihrem geliehenen Hut zum Spiegel und setzte ihn auf. Dann sah sie ihr Spiegelbild an und strich das Kostüm glatt. Die Sachen paßten ihr nicht so schlecht, wie man hätte denken können.

Fan sagte: »Sie sehn toll aus.«

Der Mann vor der Tür sagte: »Kommen Sie.«

Luise Fischer drehte sich zu Fan um. »Auf Wiedersehn, und ich . . .«

Die blonde Frau umarmte sie. »Es gibt nix zu sagen,

und in ein paar Stunden sind Sie ja wieder hier. Harry wird diesen Schwachköpfen zeigen, daß man Ihnen so was nicht anhängen kann.«

Der riesige Mann sagte: »Kommen Sie.«

Luise Fischer ging mit ihm zum vorderen Teil der Wohnung. Als sie an der Wohnungstür vorbeikamen, erhob Donny sich vom Sofa und rief fröhlich: »Lassen Sie sich von denen nicht ärgern, Baby. Wir ...«

Ein großer Mann in Braun legte eine Hand auf Donnys Gesicht und drückte ihn zurück aufs Sofa.

Luise Fischer und der riesige Mann gingen hinaus. Ein Polizeiwagen stand vor dem Haus, wo Brazils Wagen gestanden hatte. Ein Dutzend oder mehr Erwachsene und Kinder standen um ihn herum und beobachteten feierlich, wie sie aus der Haustür kamen.

Ein Polizist in Uniform schob einige von ihnen beiseite, um ihr und ihrem Begleiter einen Durchgang zu verschaffen, und stieg hinter ihnen in den Wagen. »Auf geht's, Tom«, rief er dem Fahrer zu, und sie fuhren davon.

Der riesige Mann schloß die Augen und stöhnte leise. »Gott, bin ich schwach!«

Sie fuhren sieben Querstraßen weiter und hielten vor einem soliden roten Backsteinhaus an einer Ecke. Der riesige Mann half ihr aus dem Auto, führte sie zwischen zwei Kugelglaslampen hindurch in das Gebäude und in einen Raum, wo ein glatzköpfiger, dicker Mann in Uniform hinter einem hohen Schreibtisch saß.

Der riesige Mann sagte: »Hier ist diese Luise Fischer für Mile Valley.« Er nahm seine Hand aus der Tasche und warf die Ringe auf den Schreibtisch. »Das ist vermutlich das Zeug.«

Der glatzköpfige Mann sagte: »Hübsche Beute. Den Burschen gefaßt?«

»Krankenhaus vermutlich.«

Luise Fischer wandte sich zu ihm um: »Ist er . . . ist er schlimm verletzt?«

Der riesige Mann brummte: »Darüber weiß ich nichts. Darf ja wohl Vermutungen äußern?«

Der glatzköpfige Mann rief: »Luke!«

Ein dünner Polizist mit weißem Schnauzbart kam herein.

Der dicke Mann sagte: »Bringen Sie sie in die Fürstensuite.«

Luise Fischer sagte: »Ich möchte meinen Anwalt sprechen.«

Die drei Männer sahen sie groß an.

»Er heißt Harry Klaus«, sagte sie. »Ich möchte ihn sprechen.«

Luke sagte: »Kommen Sie hier mit lang.«

Sie folgte ihm bis ans andere Ende eines kahlen Korridors, wo er eine Tür öffnete und beiseite trat, um sie durchzulassen. Die Tür führte zu einem kleinen Raum, in dem Pritsche, Tisch, zwei Stühle standen und ein paar Zeitschriften lagen. Das Fenster war groß und mit einem starken Drahtgitter gesichert.

In der Mitte des Raumes drehte sie sich um und sagte nochmals: »Ich möchte meinen Anwalt sprechen.«

Der Mann mit dem weißen Schnauzbart machte die Tür zu, und sie konnte hören, daß er sie abschloß.

Zwei Stunden später kam er wieder und brachte eine Schüssel Suppe, etwas kaltes Fleisch und Brot auf einem Teller und eine Tasse Kaffee.

Sie hatte auf der Pritsche gelegen und an die Decke gestarrt. Sie erhob sich und sah ihn gebieterisch an. »Ich möchte meinen . . .«

»Fangen Sie nicht schon wieder damit an«, sagte er gereizt. »Wir haben nichts mit Ihnen zu schaffen. Erzählen Sie's den Kollegen von Mile Valley, wenn die Sie abholen kommen.«

Er stellte das Essen auf den Tisch und verließ den Raum. Sie aß alles, was er ihr gebracht hatte.

Es war später Nachmittag, als die Tür wieder aufging. »Hier haben wir sie«, sagte der Mann mit dem weißen Schnauzbart und trat beiseite, um seine Begleiter hereinzulassen. Es waren zwei Männer von mittlerer Größe, in dunkler Zivilkleidung, einer gewichtig und mit rötlichem Gesicht, der andere weniger schwer, älter.

Der Dicke mit dem rötlichen Gesicht musterte Luise Fischer von Kopf bis Fuß und grinste sie bewundernd an. Der andere sagte: »Wir möchten, daß Sie mit uns zum Valley zurückkommen, Miss Fischer.«

Sie erhob sich von ihrem Stuhl und begann, Hut und Jacke anzuziehen.

»Das wär's«, sagte der ältere von beiden. »Machen Sie uns keine Schwierigkeiten, dann machen wir Ihnen auch keine.«

Sie sah ihn erstaunt an.

Sie traten auf die Straße und stiegen in eine staubige blaue Limousine. Der dicke Mann fuhr. Luise saß hinter ihm, neben dem älteren Mann. Sie fuhren auf der Straße zurück, auf der sie mit Brazil am Morgen hergekommen war.

Einmal, bevor sie die Stadt hinter sich ließen, hatte sie

gesagt: »Ich möchte meinen Anwalt sprechen. Er heißt Harry Klaus.«

Der Mann neben ihr kaute Kaugummi. Er machte Geräusche mit den Lippen und sagte dann, durchaus höflich: »Wir können jetzt nicht anhalten.«

Der Mann am Steuer sprach, bevor sie etwas erwidern konnte. Er drehte den Kopf nicht um. »Wieso hat Brazil ihn niedergeschlagen?«

Luise sagte rasch: »Es war nicht seine Schuld. Er wurde . . .«

Der ältere Mann unterbrach sie und sagte zu dem Mann am Steuer: »Laß das auf sich beruhn, Pete. Das ist Sache des Untersuchungsrichters.«

Pete sagte: »Okay.«

Die Frau wandte sich an den Mann neben ihr. »Ist Brazil . . . ist er verletzt?«

Einen langen Moment betrachtete er prüfend ihr Gesicht, dann nickte er leicht. »Nach dem, was ich gehört habe, hat er einem Stück Blei im Weg gestanden.«

Ihre Augen weiteten sich. »Er wurde angeschossen?«

Er nickte wieder. Sie legte beide Hände auf seinen Unterarm. »Wie schlimm?«

Er schüttelte den Kopf. »Ich weiß nicht.«

Ihre Finger gruben sich in seinen Arm. »Ist er festgenommen worden?«

»Das kann ich Ihnen nicht sagen, Miss. Der Untersuchungsrichter hätte das vielleicht nicht so gern.« Er schmatzte mit seinem Kaugummi.

»Aber bitte!« ließ sie nicht locker. »Ich muß es wissen.«

Er schüttelte erneut den Kopf. »Wir belästigen Sie nicht mit Fragen, also belästigen Sie uns auch nicht.«

Teil III

Wie es ausgeht

Es war kurz vor neun auf der Uhr am Armaturenbrett und ziemlich dunkel, als Luise Fischer und ihre Bewacher an einem großen Gebäudeblock vorbeifuhren, auf dessen beleuchtetem Firmenschild Mile Valley Lumber Co. zu lesen war, und sie in eine unverkennbar städtische Straße einbogen, obwohl deren unterschiedlich weit auseinander stehende Häuser nicht zahlreich waren. Zehn Minuten später kam die Limousine am Bordstein vor einem grauen öffentlichen Gebäude zum Stehen. Der Fahrer stieg aus. Der andere Mann hielt Luise Fischer die Tür auf. Sie brachten sie in einen Raum im Erdgeschoß des grauen Gebäudes.

Drei Männer waren in dem Raum. Ein Mann von über sechzig Jahren mit einem traurigen Gesicht, schütterem weißen Haar und Schnauzbart saß zurückgekippt auf einem Stuhl, die Füße auf einem ramponierten gelblichen Schreibtisch. Er trug einen Hut, aber keine Jacke. Ein bleichgesichtiger, junger blonder Mann saß rittlings auf einem Stuhl vor dem Aktenschrank an der anderen Seite des Raumes und sagte gerade: »Der Handelsvertreter fragte also den Farmer, ob er ihn die Nacht unterbringen könnte, und ...«, brach aber ab, als Luise Fischer und ihre Begleiter hereinkamen.

Der dritte Mann stand mit dem Rücken zum Fenster. Er war ein schlanker Mann von mittlerer Größe, nicht weit über dreißig, dünnlippig, blaß, knallig in Braun und

Rot gekleidet. Sein Kragen saß sehr eng. Er ging rasch auf Luise Fischer zu und zeigte lächelnd weiße Zähne. »Ich bin Harry Klaus. Man wollte mich da unten nicht zu Ihnen lassen, also bin ich hier hochgekommen, um auf Sie zu warten.« Er sprach schnell und selbstsicher. »Seien Sie unbesorgt. Ich habe schon alles geregelt.«

Der Geschichtenerzähler zögerte und setzte sich dann richtig herum auf seinen Stuhl. Die zwei Männer, die Luise Fischer aus der Stadt heraufgebracht hatten, sahen den Anwalt mit unverhohlener Abneigung an.

Klaus lächelte erneut, völlig von sich selbst überzeugt. »Sie wissen doch genau, daß sie Ihnen nichts erzählen wird, bevor wir die Sache nicht durchgesprochen haben, nicht? Also, was ist nun?«

Der Mann am Schreibtisch sagte: »Ja, ja, schon gut.« Er sah die zwei Männer an, die hinter der Frau standen. »Wenn Tufts Dienstraum frei ist, dann können Sie den benutzen.«

»Danke.« Harry Klaus nahm eine braune Aktentasche von einem Stuhl, faßte Luise Fischer beim Ellbogen, und zusammen folgten sie dem gewichtigen Mann mit dem roten Gesicht.

Er führte sie ein paar Schritte durch den Korridor zu einem Dienstraum, der dem glich, den sie gerade verlassen hatten. Er ging nicht mit ihnen hinein. Er sagte: »Kommen Sie zurück, wenn Sie fertig sind« und knallte die Tür zu, als sie hineingegangen waren.

Klaus deutete mit dem Kopf auf die Tür. »Ein Haufen Großkotze«, sagte er fröhlich. »Wir werden sie auf den Kopf stellen.« Er warf seine Aktentasche auf den Schreibtisch. »Setzen Sie sich doch.«

»Brazil?« sagte sie. »Er ist...«

Er zog die Schultern bis fast an die Ohren hoch. »Ich weiß nicht. Es ist nichts rauszukriegen aus diesen Leuten.«

»Dann...?«

»Dann ist er entkommen«, sagte er.

»Meinen Sie?«

Er zog wieder die Schultern hoch. »Hoffen können wir immer.«

»Aber einer von diesen Polizisten hat zu mir gesagt, er sei angeschossen worden und...«

»Das will weiter nichts besagen, als daß sie hoffen, ihn getroffen zu haben.« Er legte die Hände auf ihre Schultern und drückte sie auf einen Stuhl. »Es hat keinen Zweck, sich wegen Brazil Sorgen zu machen, solange wir nicht wissen, ob es überhaupt etwas gibt, weswegen man sich Sorgen machen muß.« Er zog einen Stuhl nahe an den ihren heran und setzte sich. »Sorgen wir uns jetzt um Sie. Ich will die Fakten – ohne Schnörkel und Schnickschnack – einfach, was passiert ist; und wie es passiert ist.«

Verwundert zog sie die Brauen zusammen. »Aber Sie haben doch gesagt, es sei alles geregelt...«

»Das hab ich gesagt, und so ist es.« Er tätschelte ihr Knie. »Ich habe die Kaution hinterlegt, Sie können also gehen, sobald die mit ihren Fragen fertig sind. Wir müssen aber wissen, was Sie auf deren Fragen antworten werden.« Er sah sie unter seinem Hutrand hervor scharf an. »Sie wollen Brazil doch helfen, nicht?«

»Ja.«

»Das ist der Punkt.« Er tätschelte wieder ihr Knie und

ließ seine Hand darauf liegen. »So, und nun mal von Anfang an.«

»Sie meinen, von dem Zeitpunkt an, wo ich Kane Robson kennenlernte?« Er nickte.

Sie schlug die Beine übereinander, so daß er seine Hand wegnehmen mußte. Sie starrte die Wand vor sich an, als sähe sie sie nicht und sagte ernst: »Wir haben nichts Unrechtes getan. Dafür können wir nicht bestraft werden.«

»Keine Sorge.« Sein Ton war leicht, voller Zuversicht. »Ich hol euch zwei da schon raus.« Er bot ihr in einem glänzenden Etui Zigaretten an.

Sie nahm eine Zigarette, beugte sich vor, um deren Ende an die Flamme seines Feuerzeugs zu halten, und fragte, noch immer vorgebeugt: »Ich werde die Nacht nicht hier verbringen müssen?«

Er tätschelte ihr die Wange. »Ich glaube nicht. Länger als eine Stunde dürften sie nicht brauchen, um Sie durch die Mangel zu drehn.« Er ließ seine Hand auf ihr Knie sinken. »Und je schneller wir hier fertig sind, um so schneller werden Sie mit denen fertig sein.«

Sie holte tief Luft und richtete sich auf ihrem Stuhl wieder auf. »Es gibt nicht viel zu sagen«, begann sie; sie sprach die Worte sorgfältig aus, so daß sie trotz ihres Akzents gut verständlich waren. »Ich lernte ihn in einer kleinen Ortschaft in der Schweiz kennen. Ich hatte kein Geld, keine Freunde. Ich gefiel ihm, und er war reich.« Sie machte eine kleine Gebärde mit der Zigarette in ihrer Hand. »Also sagte ich ja.«

Klaus nickte mitfühlend, und seine Finger auf ihrem Knie bewegten sich.

»Er kaufte mir Kleidung, diesen Schmuck, in Paris. Die Ringe sind nicht von seiner Mutter, und er hat sie mir geschenkt.« Der Anwalt nickte wieder, und wieder bewegten sich seine Finger auf ihrem Knie.

»Dann hat er mich hier rübergebracht, und« – sie setzte das glühende Ende ihrer Zigarette auf seinen Handrücken – »ich wohnte zwei Wochen ...«

Klaus hatte die Hand von ihrem Knie an seinen Mund gerissen und lutschte an seinem Handrücken. »Was ist denn in Sie gefahren?« sagte er entrüstet. Die Worte wurden durch die Hand an seinem Mund gedämpft. Er senkte die Hand und blickte auf die versengte Stelle. »Wenn Ihnen was nicht paßt, können Sie's doch sagen, oder?«

Sie lächelte nicht. »Ik nik sprekken Inglisch gut«, sagte sie, einen starken Akzent parodierend. »Ich wohnte zwei Wochen in seinem Haus ... bis ...«

»Wenn es nicht wegen Brazil wäre, könnten Sie sich einen anderen Anwalt suchen!« Er schaute beleidigt auf seine Brandwunde.

»Bis ich ihn gestern abend nicht mehr ertragen konnte. Wir haben gestritten, und ich bin weggegangen. Ich bin gegangen wie ich war, im Abendkleid und in ...«

Sie war mit ihrer Geschichte am Ende, als das Telefon klingelte. Der Anwalt ging zum Schreibtisch und nahm den Hörer ab. »Hallo? ... Ja ... Nur noch ein paar Minuten ... In Ordnung. Danke.« Er drehte sich um. »Sie werden ungeduldig.«

Sie stand von ihrem Stuhl auf und sagte: »Ich bin fertig. Dann kam die Polizei, und er floh durchs Fenster, und ich wurde wegen dieser Ringe verhaftet.«

»Haben Sie irgendeine Aussage gemacht, nachdem Sie verhaftet worden sind?«

Sie schüttelte den Kopf. »Sie ließen mich nicht. Keiner wollte mir zuhören. Es kümmerte sie nicht.«

Ein junger Mann im blauen Anzug, der mal gebügelt werden mußte, kam auf Luise Fischer und Klaus zu, als sie das Polizeigebäude verließen. Er zog den Hut und klemmte ihn sich unter den Arm. »Miss Fischa, ich bin von der Mile Valley Post. Könn' Sie ...«

Klaus sagte lächelnd: »Es gibt jetzt nichts. Suchen Sie mich morgen früh im Hotel auf, dann geb ich eine Erklärung ab.« Er reichte dem Reporter eine Visitenkarte. Er räusperte sich. »Wir sind jetzt auf der Suche nach was zu essen. Vielleicht können Sie uns sagen, wo's hier was gibt - und kommen mit uns?«

Der junge Mann wurde rot. Er sah auf die Karte in seiner Hand und dann auf zu dem Anwalt. »Danke, Mister Klaus, mit Vergnügen. Das Gasthaus um die Ecke da, der einzige Laden, wo's jetzt noch was Vernünftiges gibt.«

Er zeigte nach Süden. »Mein Name is George Dunne.«

Klaus schüttelte ihm die Hand und sagte »Angenehm«, Luise Fischer nickte und lächelte, und dann gingen sie die Straße hinunter.

»Wie geht's Conroy?« fragte Klaus.

»Is noch nicht zu sich gekomm'«, erwiderte der junge Mann. »Sie wissen noch nich, wie's genau um ihn steht.«

»Wo ist er?«

»Noch bei Robson. Sie ha'm Angst, ihn zu transportieren.«

Sie bogen um die Ecke. Klaus fragte: »Was Neues von Brazil?«

Der Reporter reckte den Hals, um an Luise Fischer vorbei den Anwalt anzusehen: »Ich dachte, *Sie* wüßten.«

»Wüßten was?«

»Was weiß ich? Das is alles.«

Er führte sie in ein weiß gekacheltes Restaurant. Als sie an einem Tisch Platz genommen hatten, wurde Luise Fischer von einem Dutzend oder mehr Leuten an Theke und Tischen angestarrt und tuschelnd begutachtet.

Luise Fischer, die auf dem Stuhl saß, den Dunne ihr herausgezogen hatte, nahm sich eine Speisekarte aus dem Gestell auf dem Tisch und schien sich an dem Interesse der Leute nicht zu stören oder sich dessen nicht bewußt zu sein. Sie sagte: »Ich habe großen Hunger.«

Ein rundlicher, kahlköpfiger Mann mit einem weißen Spitzbart, der drei Tische weiter weg saß, fing Dunnes Blick auf, als der junge Mann zu seinem Stuhl herumging, und winkte ihn mit einer Kopfbewegung zu sich.

Dunne sagte: »Entschuldigen Sie mich ... es is mein Chef« und ging zum Tisch des bärtigen Mannes.

Klaus sagte: »Ein netter Junge.«

Luise Fischer sagte: »Wir müssen die Links anrufen, die haben bestimmt was von Brazil gehört.«

Klaus zog die Mundwinkel herunter und schüttelte den Kopf. »Die Telefonvermittlung in diesen Kreisstädten ist nicht sehr vertrauenswürdig.«

»Aber ...«

»Sie müssen sich bis morgen gedulden. Es ist sowieso schon spät.« Er sah auf seine Uhr und gähnte. »Horchen Sie den Kleinen da aus. Vielleicht weiß der was.«

Dunne kam zu ihnen zurück. Sein Gesicht war gerötet, und er schien verlegen.

»Was Neues?« fragte Klaus.

Der junge Mann schüttelte heftig den Kopf. »Nein, nein!« sagte er mit Nachdruck.

Ein Kellner kam an ihren Tisch. Luise Fischer bestellte Suppe, ein Steak, Kartoffeln, Spargel, einen Salat, Käse und Kaffee. Klaus bestellte Rühreier und Kaffee, Dunne Kuchen und Milch.

Als der Kellner vom Tisch zurücktrat, weiteten sich Dunnes Augen. Er blickte an Klaus vorbei. Luise Fischer wandte den Kopf und folgte dem Blick des Reporters. Kane Robson hatte das Restaurant betreten. Zwei Männer waren bei ihm. Einer von ihnen, ein dicker, blasser, jüngerer Mann, lächelte und zog den Hut.

Luise Fischer sagte mit gedämpfter Stimme zu Klaus: »Da kommt Robson.«

Der Anwalt drehte sich nicht um. Er sagte: »Ist in Ordnung« und hielt ihr sein Zigarettenetui hin.

Sie nahm eine Zigarette, ohne den Blick von Robson abzuwenden. Als er sie sah, zog er den Hut und verbeugte sich. Dann sagte er etwas zu seinen Begleitern, verließ sie und kam zu Luise Fischer. Sein Gesicht war blaß; seine dunklen Augen funkelten.

Sie rauchte, als er an ihren Tisch trat. Er sagte »Hallo, Liebling« und setzte sich auf den freien Stuhl ihr gegenüber. Er wandte den Kopf kurz dem Reporter zu und sagte gleichgültig: »Hallo, Dunne.«

Luise Fischer sagte: »Das ist Mr. Klaus. Mr. Robson.«

Robson blickte den Anwalt nicht an. Er sagte zu der Frau: »Die Kaution für dich ist hinterlegt?«

»Wie du siehst.«

Er lächelte spöttisch. »Eigentlich wollte ich dir ausrichten lassen, daß ich sie hinterlegen würde, wenn du sie nicht anderweitig auftreiben könntest, aber ich hab's vergessen.«

Einen Moment lang sagte niemand etwas. Dann sagte sie: »Morgen früh schick ich jemanden, der meine Sachen abholt. Sag Ito, er soll sie packen.«

»Deine Sachen?« Er lachte. »Du hattest doch nichts außer dem, was du anhattest, als ich dich aufgelesen habe. Soll doch ein neuer Freier dir Kleider kaufen.«

Der junge Dunne errötete und blickte verlegen auf die Tischdecke. Das Gesicht von Klaus war, abgesehen von der Aufgewecktheit seiner Augen, ausdruckslos.

Luise Fischer sagte leise: »Deine Freunde werden dich vermissen, wenn du zu lange fortbleibst.«

»Sollen sie. Ich möchte mit dir sprechen, Luise.« Und zu Dunne, ungeduldig: »Warum geht ihr zwei nicht irgendwo was spielen?«

Der Reporter sprang von seinem Stuhl auf und stammelte: »Selbstverständlich, Mr. Robson.« Klaus sah Luise Fischer fragend an. Ihr Nicken war kaum wahrnehmbar. Er erhob sich und verließ mit Dunne den Tisch.

Robson sagte: »Komm zurück zu mir, und ich blase diesen ganzen Quatsch wegen der Ringe ab.«

Sie sah ihn erstaunt an. »Du willst mich zurück, obwohl du weißt, daß ich dich verachte?«

Er nickte grinsend. »Sogar daran hätt ich noch meinen Spaß.«

Mit schmalen Augen betrachtete sie sein Gesicht. Dann fragte sie: »Wie geht's Dick?«

Sein Gesicht und seine Stimme sprühten vor Bösartigkeit. »Mir stirbt er schnell genug.«

Sie schien überrascht. »Du haßt ihn?«

»Ich hasse ihn nicht – ich liebe ihn nicht. Ihr zwei wart mir etwas zu verliebt ineinander. Es paßt mir nicht, wenn weibliche und männliche Schmarotzer sich so vermischen.«

Sie lächelte verächtlich. »So. Und angenommen, ich komme zu dir zurück? Was dann?«

»Dann erklär ich diesen Leuten, daß das alles ein Irrtum war mit diesen Ringen, daß du wirklich gedacht hast, ich hätte sie dir geschenkt. Weiter nichts.« Er beobachtete sie scharf. »Wegen deinem Freund Brazil laß ich aber nicht mit mir handeln. Der ist diesmal dran.«

Ihr Gesicht verriet nicht, was in ihr vorging. Sie lehnte sich über den Tisch ein wenig zu ihm hin und sprach langsam und deutlich: »Wenn du so gefährlich wärst, wie du meinst, hätte ich Angst, zu dir zurückzukommen – lieber würde ich ins Gefängnis gehn. Aber ich habe keine Angst vor dir. Du solltest inzwischen wissen, daß du mich nie sehr verletzen kannst und daß ich sehr gut auf mich selber aufpassen kann.«

»Vielleicht mußt du noch was lernen«, sagte er schnell; und zu seinem bewußt sachlichen Ton zurückfindend: »Nun, wie ist die Antwort?«

»Ich bin kein Dummkopf«, sagte sie. »Ich habe kein Geld und keine Freunde, die mir helfen könnten. Du hast beides, und ich habe keine Angst vor dir. Ich versuche zu tun, was das beste für mich ist. Erst einmal versuche ich, ohne dich mit diesen Schwierigkeiten fertigzuwerden. Wenn ich das nicht schaffe, komme ich zu dir zurück.«

»Falls ich dich dann noch will.«
Sie zuckte mit den Schultern. »Ja, versteht sich.«

Luise Fischer und Harry Klaus erreichten die Wohnung der Links am nächsten Vormittag.

Fan öffnete ihnen die Tür. Sie nahm Luise Fischer in die Arme. »Sehn Sie, ich hab Ihnen doch gesagt, daß Harry Klaus Sie da rausholt.« Sie wandte sich rasch nach dem Anwalt um und wollte wissen: »Sie haben doch nicht zugelassen, daß man sie die ganze Nacht dabehalten hat?«

»Nein«, sagte er, »aber wir haben den letzten Zug verpaßt und mußten im Hotel übernachten.«

Sie gingen ins Wohnzimmer.

Evelyn Grant erhob sich vom Sofa. Sie ging auf Luise Fischer zu und sagte: »Es ist meine Schuld. Es ist alles meine Schuld!« Ihre Augen waren rot und geschwollen. Sie fing wieder an zu weinen. »Er hat mir von Donny erzählt ... von Mr. Link ..., und da hab ich gedacht, er würde hierherkommen, und wollte ihn anrufen, und dabei hat Papa mich erwischt und es der Polizei gesagt. Und ich wollte ihm nur helfen ...«

Von der Tür her kläffte Donny: »Halt die Klappe. Hör auf. Gib endlich Ruhe.« Gereizt sagte er zu Klaus: »Das geht jetzt schon 'ne Stunde so. Da muß man ja durchdrehn.«

Fan sagte: »Laß die Kleine in Ruhe. Sie fühlt sich schlecht.«

Donny sagte: »Das sollte sie auch.« Er lächelte Luise Fischer an. »Hallo, Baby. Alles okay?«

Sie sagte: »Guten Tag. Ich denke schon.«

Er blickte auf ihre Hände. »Wo sind die Ringe?«

»Die mußten wir da oben zurücklassen.«

»Was ich gesagt habe!« Sein Ton war bitter. »Ich hab Ihnen doch gesagt, lassen Sie sie mich verkaufen.« Er wandte sich an Klaus: »Ist sowas zu fassen?«

Der Anwalt sagte nichts.

Fan hatte Evelyn zum Sofa geführt und beruhigte sie.

Luise Fischer sagte: »Haben Sie was von...«

»Brazil gehört?« sagte Donny, bevor sie ihre Frage beenden konnte. Er nickte. »Ja, er ist okay.« Er drehte sich kurz zu dem Mädchen auf dem Sofa um und sprach dann rasch mit leiser Stimme. »Er ist im Hilltop-Sanatorium außerhalb der Stadt... angeblich mit Delirium tremens. Sie wissen, er hat was in die Seite abgekriegt. Aber er ist okay... Doc Barry hält ihn da oben versteckt und flickt ihn wieder zusammen wie neu. Er...«

Luise Fischer riß die Augen auf und faßte sich mit einer Hand an den Hals. »Aber der... Dr. Ralph Barry?« fragte sie beunruhigt.

Donny nickte bedächtig. »Ja. Der Bursche ist in Ordnung. Er wird...«

»Aber das ist ein Freund von Kane Robson!« rief sie. »Ich hab ihn in Robsons Haus kennengelernt.« Sie wandte sich an Klaus. »Das war der, der gestern abend im Restaurant bei ihm war... der Dicke.«

Die Männer starrten sie an.

Sie faßte Klaus am Arm und schüttelte ihn. »Das war der Grund, warum er gestern abend da war... um Kane zu besuchen... um ihn zu fragen, was er tun soll.«

Fan und Evelyn waren vom Sofa aufgestanden und hörten zu.

Donny fing an: »Ach, vielleicht ist das okay. Doc ist in Ordnung. Ich glaube nicht, daß er ...«

»Schluß jetzt!« knurrte Klaus. »Die Sache ist ernst ...« Finster und nachdenklich sah er Luise Fischer an.

»Und Sie irren sich da wirklich nicht?«

»Nein.«

Evelyn drängte sich zwischen die Männer, um Luise Fischer entgegenzutreten. Sie weinte wieder, war aber jetzt wütend.

»Warum mußten Sie ihn in all das reinziehn? Warum mußten Sie zu ihm kommen mit Ihren Schwierigkeiten? Es ist Ihre Schuld, daß sie ihn ins Gefängnis stecken ... und er wird verrückt im Gefängnis! Wenn Sie nicht gewesen wären, wär das alles nicht passiert. Sie ...«

Donny berührte Evelyn an der Schulter. »Ich glaub, ich knall dir gleich eine«, sagte er. Sie duckte sich weg.

Klaus sagte: »Laßt uns um Gottes willen aufhören mit diesem Gekabbel und überlegen, was zu tun ist.« Wieder blickte er düster Luise Fischer an. »Hat Robson gestern abend nichts zu Ihnen darüber gesagt?«

Sie schüttelte den Kopf.

Donny sagte: »Also paßt auf. Wir müssen ihn da rausholen. Ich weiß sonst nicht ...«

»Ja, ein Kinderspiel«, sagte Klaus sarkastisch. »Wenn er da in falschen Händen ist« – er zuckte mit den Schultern –, »ist es jetzt zu spät. Aber wir müssen das nachprüfen. Können Sie zu ihm?«

Donny nickte. »Klar.«

»Dann machen Sie sich auf die Socken. Sagen Sie ihm, was los ist. Sondieren Sie die Lage.«

Donny und Luise Fischer verließen das Haus durch die Hintertür, gingen durch den Hof auf die Gasse dahinter und zwei Querstraßen weit die Gasse hinab. Sie sahen niemanden hinter sich.

»Ich glaube, die Luft ist rein«, sagte Donny und ging voraus in eine Querstraße.

An der nächsten Ecke war eine Garage und eine Reparaturwerkstatt. Ein kleiner dunkler Mann bastelte an einem Motor herum.

»Hallo, Tony«, sagte Donny. »Leih mir 'ne Karre.«

Der dunkle Mann beäugte Luise Fischer neugierig, als er sagte: »Aber na klar doch. Nimm die da in der Ecke.«

Sie stiegen in eine schwarze Limousine und fuhren weg.

»Ist nicht weit«, sagte Donny. Dann: »Ich würd ihn gern da rausholen.«

Luise Fischer schwieg.

Nach einer halben Stunde bog Donny in eine Straße ein, an deren Ende ein weißes Gebäude zu sehen war. »Da ist es«, sagte er.

Sie parkten die Limousine vor dem Gebäude und gingen unter einem schwarzen Schild hindurch, auf dem in Goldbuchstaben »Hilltop-Sanatorium« stand.

»Wir möchten zu Mr. Lee«, sagte Donny zu der Schwester in der Anmeldung. »Er erwartet uns.«

Sie befeuchtete sich nervös die Lippen und sagte: »Zimmer zweihundertdrei, gleich oben an der Treppe.«

Sie gingen eine dunkle Treppe in den ersten Stock hinauf. »Hier ist es«, sagte Donny und blieb stehen. Er öffnete die Tür ohne anzuklopfen und winkte Luise Fischer hinein.

Außer Brazil, der, bleicher als sonst, im Bett lag, waren noch zwei andere Männer im Zimmer. Der eine war der riesige Mann mit dem müden Gesicht, der Luise verhaftet hatte. Er sagte: »Ich sollte Sie eigentlich hier nicht reinlassen.«

Brazil richtete sich halb im Bett auf und streckte Luise Fischer die Hand hin.

Sie ging um den riesigen Mann herum zum Bett und nahm Brazils Hand. »Oh, es tut mir so leid!« murmelte sie.

Er grinste ohne Freude. »Tja, Pech gehabt. Und mir graut vor diesen verdammten Gittern.«

Sie beugte sich über ihn und küßte ihn.

Der riesige Mann sagte: »Also genug jetzt. Sie müssen hier raus. Ich krieg sonst Scherereien.«

Donny machte einen Schritt auf das Bett zu. »Also, Brazil, wenn du irgendwas ...«

Der riesige Mann schob Donny mit müder Hand zurück. »Gehn Sie. Sie haben hier nichts zu suchen.« Er legte Luise Fischer eine Hand auf die Schulter. »Gehn Sie jetzt bitte, ja? Sagen Sie ihm auf Wiedersehen ... vielleicht können Sie ihn später besuchen.«

Sie küßte Brazil noch einmal und stand auf.

Er sagte: »Kümmer dich um sie, ja, Donny?«

»Na klar«, versprach Donny. »Und laß dich von denen nicht kleinkriegen. Ich werd dir Harry vorbeischicken, und ...«

Der riesige Mann stöhnte: »Dauert das noch lange?«

Er nahm Luise Fischer beim Arm und setzte sie und Donny vor die Tür.

Schweigend gingen sie hinunter zur Limousine, und

keiner von beiden sprach, bis sie in die Stadt kamen. Da sagte Luise Fischer: »Würden Sie mir freundlicherweise zehn Dollar leihen?«

»Klar doch.« Donny nahm eine Hand vom Steuer, suchte in seiner Hosentasche und gab ihr zwei Fünf-Dollar-Scheine.

Dann sagte sie: »Ich möchte zum Bahnhof.«

Er runzelte die Brauen. »Wozu?«

»Ich möchte zum Bahnhof«, wiederholte sie.

Am Bahnhof stieg sie aus der Limousine.

»Vielen Dank«, sagte sie. »Warten Sie nicht. Ich komme später vorbei.«

Luise Fischer ging in den Bahnhof und kaufte sich am Zeitungsstand ein Päckchen Zigaretten. Dann ging sie in eine Telefonzelle, verlangte ein Ferngespräch und ließ sich mit einer Nummer in Mile Valley verbinden.

»Hallo, Ito? ... Ist Mr. Robson da? Hier ist Fräulein Fischer ... Ja.« Es entstand eine Pause. »Hallo, Kane ... Gut, du hast gewonnen. Du hättest dir die Verzögerung sparen können, wenn du mir gestern abend gesagt hättest, was du wußtest ... Ja ... Ja, bin ich.«

Sie hängte ein und starrte lange auf den Hörer. Dann verließ sie die Telefonzelle, ging zum Fahrkartenschalter und sagte: »Einmal Mile Valley, bitte ... einfach.«

Das Zimmer war geräumig, mit hoher Decke. Die Möbel stammten aus der Zeit Jacobs I. Kane Robson hing lässig in einem tiefen Sessel. An seinem Ellbogen stand ein kleiner Tisch mit einem Kaffee-Service aus Kristallglas und Silber, einer Karaffe aus Kristallglas und Silber – halb voll –, einigen Gläsern, Zigaretten und einem

Aschenbecher. Seine Augen funkelten im Feuerschein des Kamins.

Drei Meter entfernt, halb ihm, halb dem Kamin zugewandt, saß Luise Fischer sehr aufrecht in einem kleineren Sessel. Sie hatte ein blasses Negligé an und blasse Pantöffelchen an den Füßen.

Irgendwo im Haus schlug eine Uhr Mitternacht. Robson hörte aufmerksam bis zum letzten Schlag zu, bevor er fortfuhr zu sprechen: »Und du machst einen großen Fehler, meine Liebe, wenn du dich deiner selbst zu sicher wähnst.«

Sie gähnte. »Ich hab sehr wenig geschlafen letzte Nacht«, sagte sie. »Ich bin zu müde, um Angst zu haben.«

Er grinste sie an und erhob sich. »Ich hab auch kein Auge zugemacht. Wollen wir noch einen Blick auf den Kranken werfen, bevor wir uns hinlegen?«

Eine Schwester – eine magere Frau mittleren Alters in Weiß – kam keuchend ins Zimmer. »Ich glaube, Mr. Conroy kommt tatsächlich wieder zu Bewußtsein«, sagte sie.

Robsons Mund verhärtete sich, und für einen kurzen Moment flatterten seine Augenlider. Dann blickte er wieder ruhig und sagte: »Rufen Sie Dr. Blake an. Er will sofort benachrichtigt werden.«

Er wandte sich Luise Fischer zu. »Ich laufe hoch und bleibe bei ihm, bis sie fertig ist mit Telefonieren.«

Luise Fischer erhob sich. »Ich komme mit.«

Er schob die Lippen vor. »Ich weiß nicht. Vielleicht ist die Aufregung durch zu viele Menschen – die Überraschung, dich wieder hier zu sehen – nicht gut für ihn.«

Die Schwester war aus dem Zimmer gegangen.

Er überhörte Luise Fischers Lachen und sagte: »Nein, du bleibst besser hier, meine Liebe.«

Sie sagte: »Ich bleibe nicht hier.«

Er zuckte die Achseln. »Na, schön, aber ...« Er ging nach oben, ohne den Satz zu beenden.

Luise Fischer ging hinter ihm die Treppe hinauf, aber nicht so schnell wie er. Sie kam aber noch rechtzeitig an die Tür des Krankenzimmers, um den Ausdruck äußerster Angst in Conroys Augen zu sehen, bevor sie sich schlossen und sein verbundener Kopf wieder aufs Kissen zurückfiel.

Robson stand dicht hinter der Türschwelle und sagte leise: »Ah, er ist wieder bewußtlos.« Sein Blick war unbesorgt.

Ihr Blick war bohrend.

Sie standen da und starrten einander an, bis der japanische Butler an die Tür kam und sagte: »Ein Mr. Brazil wünscht Fräulein Fischer zu sprechen.«

In Robsons Gesicht machte sich ganz langsam ein Ausdruck breit, als hätte er sich einen schlechten Scherz ausgedacht. Er sagte: »Führen Sie Mr. Brazil ins Wohnzimmer. Fräulein Fischer kommt gleich runter. Und rufen Sie den Sheriff an.«

Robson lächelte die Frau an. »Nun?«

Sie sagte nichts.

»Fällt die Entscheidung so schwer?«

Die Schwester kam herein. »Dr. Blake ist außer Haus, aber es wird ihm ausgerichtet.«

Luise Fischer sagte: »Ich finde, man sollte Mr. Conroy nicht allein lassen, Miss George.«

Brazil stand in der Mitte des Wohnzimmers und hielt breitbeinig sein Gleichgewicht. Den linken Arm hatte er an seine Seite gedrückt, gerade nach unten. Er hatte einen dunklen Mantel an, der bis zum Hals hinauf zugeknöpft war. Sein Gesicht war eine gespenstisch gelbe Maske, in der rot seine Augen glühten. Er sagte durch die Zähne: »Man hat mir erzählt, du wärst zu ihm zurückgekehrt. Das wollte ich selber sehn.« Er spuckte auf den Fußboden. »Dirne!«

Sie stampfte mit einem Fuß auf. »Sei kein Narr. Ich . . .« Sie brach ab, als die Schwester an der Tür vorbeiging. Sie sagte in scharfem Ton: »Miss George, was machen Sie denn?«

Sie Schwester sagte: »Mr. Robson meinte, daß ich Dr. Blake vielleicht erreiche, wenn ich bei Mrs. Webber anrufe.«

Luise Fischer drehte sich um, hielt inne, um die Pantoffeln von den Füßen zu schleudern, und lief in Strümpfen die Treppe hinauf. Die Tür zu Conroys Zimmer war zu. Sie stieß sie auf.

Robson war über den Kranken gebeugt. Seine Hände waren auf dem verbundenen Kopf des Kranken und hielten ihn, das Gesicht fast nach unten gedreht, auf dem Kissen fest.

Seine Daumen drückten hinten auf den Schädel. Sein ganzes Gewicht schien auf den Daumen zu liegen. Sein Gesicht war wahnsinnig. Seine Lippen waren naß.

Luise Fischer schrie »Brazil!«, stürzte sich auf Robson und umklammerte seine Beine.

Brazil kam ins Zimmer, blindlings seitwärts torkelnd, den linken Arm an seine Seite gepreßt. Mit der Rechten holte er aus zu einem Schwinger, verfehlte Robsons Kopf um Haaresbreite, wurde zweimal von Robson im Gesicht getroffen, schien es nicht zu merken und trieb die rechte Faust in Robsons Bauch. Der Griff der Frau um Robsons Fußgelenk verhinderte, daß er sein Gleichgewicht wiederfand. Er ging schwer zu Boden.

Die Schwester war mit ihrem Patienten beschäftigt, der versuchte, sich im Bett aufzurichten. Tränen liefen ihm übers Gesicht. Er schluchzte: »Er ist über ein Stück Holz gestolpert, als er mir zum Wagen half, und damit hat er mich auf den Kopf geschlagen.«

Luise Fischer hockte bei Brazil, der, mit dem Rücken an der Wand, auf dem Fußboden saß, und wischte ihm mit ihrem Taschentuch das Gesicht ab.

Er machte ein Auge auf und murmelte: »Der Typ war übergeschnappt, nicht?«

Sie legte einen Arm um ihn und lachte mit gurrendem Kehllaut. »Das sind alle Männer.«

Robson hatte sich nicht bewegt.

An der Tür entstand Unruhe, und drei Männer kamen herein.

Der größte blickte auf Robson, dann auf Brazil und kicherte.

»Hier ist ja unser Knabe, der Krankenhäuser nicht mag«, sagte er. »Gut, daß er nicht aus einer Sporthalle getürmt ist, sonst hätte er womöglich noch wen verletzt.«

Luise Fischer streifte ihre Ringe ab und legte sie neben Robsons linken Fuß auf den Fußboden.